百家文学馆

追梦之路

寇森林 编

中国文联出版社

图书在版编目（CIP）数据

追梦之路 / 寇森林编 . -- 北京：中国文联出版社，
2018.9（2023.3 重印）

ISBN 978 - 7 - 5190 - 3911 - 0

Ⅰ.①追… Ⅱ.①寇… Ⅲ.①中国文学—作品综合集
Ⅳ.①I211

中国版本图书馆 CIP 数据核字（2018）第 223534 号

编　　者　寇森林
责任编辑　邓友女
责任校对　茹爱秀
装帧设计　中联华文

出版发行　中国文联出版社有限公司
地　　址　北京市朝阳区农展馆南里 10 号　　　　邮编　100125
电　　话　010 - 85923025（发行部）　　　　85923091（总编室）
经　　销　全国新华书店等
印　　刷　三河市华东印刷有限公司

开　　本　710 毫米×1000 毫米　　1/16
印　　张　21
字　　数　271 千字
版　　次　2023 年 3 月第 1 版第 2 次印刷
定　　价　89.00 元

　　寇森林，男，汉族，1929年8月生，四川省渠县白兔乡人，大学毕业。1948年加入中国共产党，同时参加革命工作。1948—1949年任白兔乡支部书记兼地下交通员。从1950年起，曾任静边区区委宣传干事，三汇镇镇长，中共渠县县委宣传部理论教员、部长，现正县级离休干部。1990年离休后创办渠县老年人体育协会、老年大学、老年门球协会及活动场馆。2013年创办渠江诗社、《宕渠诗丛》（季刊）。2015年首倡设立渠县"中国诗歌之乡"暨"杨牧诗歌奖"，创建中国诗歌学会渠县会员小组。2016年倡导每年举办一届渠县"新苗杯"校园诗歌大赛。1958年编辑出版《渠县民歌选》，2008年出版《宕渠行吟》专著，2009—2017年主编出版《宕渠晚霞吟》《小康路上》等6部诗歌专集。现系中国诗歌学会、中国诗词家联谊会、四川省作家协会等会员，现任渠县诗歌协会会长、《宕渠诗丛》主编、中国诗歌学会渠县会员小组组长。

1948年秋，渠中、来中、楠檀中等校部分学生在渠城赵家祠堂议论"国是"后合影，其中多数经我介绍参加中共地下党

1957年在中共中央第七中级党校理论班学习

在1990年12月26日，渠县老年人体育协会成立大会上

四川省老年体育先进工作者

1987年秋，中央电视台，时代杂志社，《科技日报》秦少华、彭亨才、郭晨等一行七名记者，应邀来渠采访，渠县党政领导接见时合影

2013年1月，渠江诗社成立大会合影。（前排左起陈平、郑良忠、敬永香、邓建秋、李冰雪、熊克志、寇森林、杨平春、龚兢业、李宗原、朱刚）

2016年5月，渠县精准扶贫采风贵福行

2015 年 10 月，中国诗歌之乡渠县授牌仪式上中国知名诗人、朗诵家合影

2015 年 10 月 28 日，全国知名诗人考察红色渠县纪念园合影。（中为台湾诗人郑愁予暨杨牧、程步涛、李学明、大卫、寇森林、朱刚等）

2014年冬，成都诗歌创研会合影。（前排左起刘国、戴文渠、白渔、杨牧、寇森林、李学明、郭绍歧、雍朝勉）

2016年10月，中央纪委老干部局原局长、知名诗人晨崧莅渠指导诗词创作合影。（前排左起郭清发、杨平春、晨崧、寇森林、王廷纪、陈科）

　　2017 年 11 月，中国诗歌学会渠县人民政府主办的首届"杨牧诗歌奖"颁奖典礼合影。（前排中为李学明、苟小莉、杨牧、王飞虎、寇森林，余为获奖作者葛筱强、龚兢业、肖雪莲等及全国知名诗歌朗诵家）

　　贺享雍、杨牧、胡道级、寇森林、李学明、周啸天等合影

2014 年老年节，王善平、何世斌、邓建秋等家访

2015 年春节，苟小莉家访　　　　2016 年老人节，王飞虎家访

2016 年 7 月 1 日，在红色渠县纪念园，参加党支部重温入党誓词活动

2016 年 4 月，在白兔乡高坪村烈士妈妈住家院坝，向烈士母亲致敬　　在渠江一小同少年诗人交流

在贵福镇敬老院搀扶病残老人　　多方筹资 13 余万元抢救病危的张芷源幼儿

序　章

写在《追梦之路》的前面

杨　牧

　　耄耋之年的寇森林先生要我为他的《追梦之路》写点什么，我几乎没有半点理由有违于他。

　　他的高龄令我无理由。

　　他的德望令我无理由。

　　他的九十年漫漫长路和孜孜以求的顽韧精神令我无理由。

　　在 20 世纪 50 年代我还是个"文学少年"或叫黄口小儿时，我就知道寇森林的名字了。在那时候的《渠县报》上，连同"出镜率"都很高的邓铭、邓天柱、刘友联、罗文通、杨宗哲、郑恬等等，在我看来，他们都已经很出名了。

　　他们也确是一方乡贤。

　　记得一次我到县上参加《渠县报》通讯员会，偶然遇到罗文通先生，他儒雅地问道："杨小弟啊，最近又有什么新作呀？"——"新作""又有"，且"杨小弟"，我似乎感到我早在他们的视野之中，甚至属他们的"同伍"了。

我顿时觉得长高了半截。

那时我还没有见过寇森林先生，但我不知凭什么相信，如果那时我见到他，他也一定会像罗文通先生那样。

一个地方有一群带亮色的人物，这无疑是一种近距离照耀，近距离感召，甚或是一注"染色剂"。

乡贤的力量是无穷的。

也许有人会认为，我现在已经很"行式"了，但我要说，反正那时他们能写的我写不出来。

比如对同属"大乡贤"的梁上泉，我从小就是一个"梁粉"。也有人说，我后来已经如何如何，我就断然回答道，我从未达到过当年作为全国"五大青年诗人"之一的梁上泉的巨大影响；我最多也就"当"过全国"十大中青年诗人"之一，还是他的一半呢。又有人说，他那是在50年代，我说50年代也是年代！人都有属于自己的时光。你80年代可以无视50年代，70后或80后可以无视60后，00后或10后也可以无视你70后、80后、90后……如此下去，越早越掉价；年代涨了，你也通货膨胀了？！

李白倒是能穿越时间，可惜我们都不是。

本来就该一代胜似一代的，然而总是前人的肩膀在有形无形地托着你，还不说你是否不小心踩虚了脚，滑到了他的脚背上。

文学只有发展论，无进化论。

不要觉得时间只是从我开始。

2

寇森林先生1952年就已发表作品了，到我见到2017年他所写的最近一组作品时，其间已是65年。如果20年至30年为一代人，他拿笔的时间都已超过两代人或三代人了。

当然我并不是说，年岁越长就越能证明其成就越高。我只是说，人生一世，有一个追求，有一个方向，有一个让自己看重、让自己珍惜、让自己持守、让自己为之确立一种活法并且一以贯之的东西，这本身就是一种价值。

而这个"一以贯之"的"资历"越长，其精神价值也就越高。

这也叫信仰。

什么是信仰？按一般说法，它是指对某种政治主张、主义、宗教或某个人的信奉敬仰，并且把它作为自己的行为指向。这里说得大了点。至少，寇森林先生对于文学或者诗歌的信奉和敬仰，似已近乎宗教的虔诚，仰视它并追随它，一追就如夸父追日，几成"邓林"，想想都叫你为之慨叹！

文学史上有许多昙花一现的天才，甚至那一霎之间的花瓣还成了历史长河中的一粒珠贝。这固然很好，但也有一种并不以花朵为主要特征的铁树，它以一种几乎叫你见不到生长速度的从容，斑驳成一株铁色的风景。

那树的本身就很珍贵。

当然，寇老首先是一个革命者。

他毫不讳言，他是在89岁时，从一个新时代的热点，感触到中华民族伟大复兴的"中国梦即我的梦"，遂即"将我从幼年（1933年）至今的……或诗或文……加以修订，加上新作，汇编成《追梦之路》这本集子"的。这可以说是他的一个专题性通选，也可以说是他将近一生的作品选集。

而"中国梦"，也正是端端的注以时下内涵的"中国梦"。对此我们也完全无须王顾左右。

　　这本集子收录的篇目也多是《"七一"光辉》《千秋岁·"八一"颂》《"十一"感怀》《咏党》《丰碑》，或者《渠县抗洪抢险告捷》一类的切时内容。这对于别人可能会接受不同的言说，而对于寇老，却是顺理成章的。

　　这对一个年仅四岁就在本村苏维埃食堂要"白米饭"吃的寇森林是顺理成章的。

　　这对一个四五岁就全家遭致"还乡团"追捕、父亲险些被送了性命的寇森林是顺理成章的。

　　这对一个十七八岁就在学校进步教师的引导下读艾思奇著作的寇森林是顺理成章的。

　　这对尚在"黎明前的黑暗"中就以十九岁的年纪参加了中国共产党的寇森林更是顺理成章的。

　　存在决定意识，信奉决定视角。正是在这里，寇森林同志相信他所信奉的必是一桩令他仰视的事业、神圣的事业，因而在他的作品中，也总是那么理直气壮，那么赤诚，那么坚定。即使在写其他题材，诸如参观、行旅、节令、事件、风物、景观、亲人怀想、友人酬酢，等等，都无不顽强地渗透着他的观念言说和价值判断。

　　这同样是无可厚非的，自然的。

　　也许有人会认为，这些都是观念化或概念化写作，应时的多，很难有什么艺术价值或者长久的生命力。

　　我不打算和你辩论。

　　我想借别人一段话。被借者是饱学之士李国文，全国评奖最"过硬时期"的首届茅盾文学奖获得者。

他这样说："依我之见，文学作品在作家还存世的那些岁月里，大家关注的重点，是其艺术成就的高低、美学品位的优劣、词语文字的精糙、趣味风格的雅俗上。但是，印刷物的寿命通常要比写书的作者长些，经过日月的淘汰、时光的销蚀，后人拿起这部作品阅读时，除了上述文学属性的考量外，恐怕更在意这部作品所反映的那个时代的真实程度……

"所以，我相信也许不到百年，大部分茅奖获奖作品应当是处于尘封状态，即便如此，这些作品所写出的中国社会，哪怕只是一个粗陋的画面……对于那时的读者，也具有文学以外的认识价值。"

他的意思不外是说，对一个作品，现在时重文学属性，未来时重社会属性，其认识价值比艺术价值有时更具价值。

能获得茅奖的作品尚且如此，况我们普通作品乎？

我不敢说寇森林先生的这些作品造诣就高到哪里去，但至少他是真实的——包括他努力去呈现的他眼中的社会真实和他本人存在的一种特定真实，于后人都会有认识意义。

尤其难能可贵的是，寇老还是个热心的文学组织者。

按理说，他已离休27年，早该颐养天年了，但他却像个不知疲惫的耕耘者，为渠县文学春风化雨。

我没想到，他80岁以后还编辑出版了渠县作者的6部各类文学选集。

我没想到，他84岁还发起成立了一个诗社，创办了社刊。

我没想到，他87岁还发起开展了每年一度的全县校园诗歌大赛。

我尤其感到意外的是，86岁时的他，还跟我联系渠县创建"中国诗歌之乡"的事——这个操心者不是别人，不是别的年轻人，也不是别的忙于写诗的年轻人，而是他——寇森林老先生！

寇老现在除了诸多民间团体的"头衔"外，还有个"头衔"令人动容——中国诗歌学会渠县会员小组组长。

这等于是个联络员或办事员。

89 岁的办事员。

他也更是认真、负责、谦虚、勤勉，使人忘记了他是一个有着近70年革命经历，现已稀土般珍贵至已近"国宝"般的离休干部。

这除了用"崇高"一类的词语已无法言说。

所以，我写此文的全部旨向也只有一句话：向一位长者、一位尊者，表达我深深、深深的敬意。

2018 年 2 月 28 日
写于南海边

注：杨牧，渠县河东乡人，著名诗人，正厅级退休干部，国务院特殊津贴专家。曾任新疆建设兵团文联副主席、四川省作家协会副主席、党组副书记、《星星》诗刊主编、"新边塞诗"首席代表，现任中国诗歌学会副会长。撰有《我是青年》《天狼星下》《杨牧文集》，发行国内外。

情怀是文学创作的根本

——兼评诗集《追梦之路》

程步涛

　　近日，北京正下雨，从昨夜到现在一直没停，一个冬天了，基本没落下雪花和雨点，这场春雨，让人心湿润了许多。

　　读大作也是如此心状。正如王福轩同志在《拜读寇森林同志诗词感言》中所言："寇公笔下春雷滚，老骥情怀蚕烛心。"作品无论是写史，还是抒怀，无论是忆旧，还是寄景，时时让人感到一个老同志、老战士的一颗赤心，阔大胸襟。

　　三年前，也是一个春日，我与杨牧同志一起见到此书作者，而且还在他的陪同下去了渠县的几所学校，一起与诗歌、诗词爱好者交谈。记得座谈时，他精神矍铄，谈吐渊涌风厉，不矜不伐，叫人顿生无限敬意。晚间问杨牧，才得知他不凡的革命经历，才了解到他在离休后，以自己的全部精力和睿智，带领着渠县的诗词爱好者们，为渠县的文化建设做出了积极的贡献。

而后,中国诗歌学会授予渠县"中国诗歌之乡"称号,使渠县的诗歌、诗词创作活动更加活跃。

大作九章,分别为《勇追国梦》《时代新篇》《宕渠梦境》《情系河山》《异苔同岑》《人物星空》《莺友鸣鞭》《岁月留痕》《人生格言》,收录了他近十几年创作的作品。内容几乎涵盖了我们这个国家十几年间所发生的一切。寇老以如此高龄,笔耕不辍,一直聆听着国家前进的跫音,触摸着这片土地的脉动,这种精神,让我们这些晚辈无比敬佩。这些年,由于工作的原因,得以阅读过一些老同志,特别是军队老干部撰写的诗词作品。寇老的作品与他们有着一些明显的不同,都是寄情抒怀,字里行间却透出一个"真"字:真切的思考,真切的情感,真切的认知,真切的瞻望。他走过了许多地方,题材并没有什么局限,抒情也没有什么框框套套,不论是咏史还是唱今,写人还是记事,都写得自然、平易、亲切、真诚。特别是最后一章《人生格言》,更是让人读出了寇老的为人、品格、信念、追求。在今天这个社会现实中,并非所有的老同志都一直这样坚守着自己的信条。正因为如此,他的诗词作品所表达的思想情感,显得尤其可贵,这也是"初心未改"吧。

还想说一点题外的话。

自十九大提出了"新时代"的概念,我相信不少人都在思考今天提出新时代和四十年前提出的新时期有什么异同。国家所取得的巨大进步大家都看得到,出现的各种社会问题也都感觉得到。我们在为国家的巨大变化而欢欣鼓舞的同时,也都在为不断出现的社会问题而焦虑、揪心。由此提出的问题是:我们的文学作品、诗词创作在这种巨大的变革中,该担当起什么样的责任?该怎样表现当今的现实?怎样才能不负这个时代?寇老经历过战争年代,有用鲜血和生命为共和国奠基的历程,抚今追昔,该怎样认识现实、抒写现实?寇老经历过中华人民共和国成立以来所有的坎坷、动荡、顺境和逆境,该怎样汲取经验和教训？如果在作品中糅进这样的一些思考，而不是一般的感慨和吟唱，这部诗集的分量便会沉重得多，也更具有个性和品格。

若说得再重一些，就是体现在作品中的情怀。情怀才是文学的根本，现在许多作品缺少的就是情怀，缺少先人的那种"先天下之忧而忧，后天下之乐而乐"的家国情怀。

若说有一点建议的话，就是希望在今后的写作中，加重这样的成分，如此，作品的分量便会沉重许多。

2018 年 4 月 21 日

序章

9

注：程步涛，1946 年出生，1963 年入伍，解放军文艺出版社原社长兼总编辑，中国作家协会会员，中国诗歌学会副会长。

我读寇森林诗词

——《追梦之路》代序

孙和平

　　认识渠县寇森林老先生，是缘分，也是福分。

　　说缘分，此生与渠县有缘。学校毕业进入社会，在达师专（即今四川文理学院）接触熟识的几位温厚长者章继肃先生、雍国泰先生、刘石夫先生、兰雅诗先生、冯秋先生等，竟都是渠县人。他们的严谨作风，他们的道德文章，赋予了青年时代的我近在身旁的直接熏陶和影响，是我一生成长的良师益友。随着年纪老大，我对他们的回忆、感念，愈加深厚，更深刻意识到老一辈人对我们的言传身教是多么宝贵！爱屋及乌，他们老家渠县一地，众水来汇，集川东北文化之大成，人文荟萃，这一方水土也因此让我感到十分亲切。近几年到渠县次数较多，又接连认识了很多渠县文友，其中的老先生诸如刘国、寇森林、郭绍岐、杜德政、张人俐等，有幸接触他们，就是有幸接触一部渠县的书、一部渠县的历史。我羡慕渠县有这么多人寄情田园，诗酒唱和。这缘分，

10

有多珍贵啊！

　　说福分，寇森林先生这样一位年近九十的老人，却毫无垂垂老矣之态，他将一份殷勤厚意赋予你，岂不是你的福分？他将一大摞诗词作品彬彬有礼递送给我，我顿时如饮香醇，如沐春风，这，岂不是一种福分？寇老从事宣传部门领导工作数十年，与他的不多接触中，感到福分还在于他的寿眉善目、和颐慈祥，让我更深领会到"慈为寿相"的古老生命哲学，进而认识"善是福根"的古老人生哲学。

　　与寇老结缘，我的第一印象就是他的不觉老、不显老、不嫌老。记得那是在贵福镇上，省诗词学会组织的渠县采风活动，寇老高挑的个子，精瘦的身子，却又是风尘仆仆的样子，跳下车，扑爬跟斗似的一路走来。谁能看得出他这位老人的耄耋年纪呢？俗语谓曰："老还小，老还小。"寇老之还小，让我感到的是少小读书郎的那种小，那种仗剑天涯的豪气，那种报效国家的情怀啊。

　　这本诗词文章结集，书名为《追梦之路》，显然是有所寄寓。中国汉字文化把路与道联系起来，组合为"道路"一词，更深刻寄寓了思想认知以及国家社会人生之道路的正确与否、通畅与否，必须要有"道"文化的引领，万不可盲目而致迷失方向。读寇老的诗，感到他在诗词道路上有着自己的审美目标与追求。对于书名，诗人的自序开宗明义作了一番题解，特别提到当今民族振兴中国梦的伟大时代追求价值及其对于国家民族的意义。还连接了当年的红军记忆，"在静边镇寇家坝上文昌官我的住宅建立了村苏维埃""我父亲参加了村赤卫队，村苏维埃的干部全是我的长辈，那时我还是刚到 4 岁不晓事态的幼童，竟不自觉地拿起碗筷，到村苏维埃食堂的饭甑侧边去向长辈要白米干饭。"将如此历史的时代背景投映到自身的创作中来，颇能激发诗人的家国情怀。其退休生活中的诗词抒写，绝非一般意义的花前月下的个人吟咏，而是有所思想、有所担当、有所追求。一言以蔽之，就是"追

追
梦
之
路

梦"。有诗为证：

满园春色耀神州，宏伟蓝图与日酬。

人共山川中国梦，情倾鼎盛炳千秋。

眼光、情怀、气魄都有了，不妨看作是这本诗词集的"诗眼"，较为集中反映了诗人的创作个性、审美好尚、境界追求。

打开一看，先生对自己诗词作品的编排，颇有一番构建，意在广泛性、系统性地反映渠县本土的社会面貌及其诗情画意，深幽入微地抒写诗人的自身感受、情怀和体悟。这在全书的编辑体例上也看得出来，其中"诗词篇"一共列了九章：《勇追国梦》《时代新篇》《宕渠梦境》《情系河山》《异苔同岑》《人物星空》《莺友鸣鞭》《岁月留痕》《人生格言》。如此排列，广泛性、丰富性都有了，让人如入百花园苑，目不暇接。

翻览寇森林诗作，常常见到渠县一方水土的本土化符号，诸如宕水、宕渠、渠江、八濛、濛山、賨邦、賨人、汉阙、汉碑、阙乡，等等，本真、本色、本朴，无不具有浓郁本土特色。如此一来，这些本土语汇，犹似耀眼的星辰分布，把它们放到任何形象识别系统之中，都不会被湮没，这是难能可贵的一点，给人启示，值得玩味。将丰富多彩的本土语汇注入诗词，是对诗词特有的、特定的语汇系统的丰富和扩大，加深了诗词艺术的表现力和概括力，往往是不可替代的。作为一本乡土性的诗文作品集，在反映本土内容方面，要求有更多更广泛的特色展示，而本土语汇的选择提炼，不失为很好的方法、路径，这也正是诗人寇老的诗艺追求吧。

将这一类特有的本土符号放大、延伸，很自然连接了中华传统诗词宏大的语汇系统。千年以来，中华诗词逐渐形成一套独特的语汇系统，它既不同于生活口语系统，也在很大程度上不同于文言语汇系统。一方面经过反复凝结、积久沉淀；另一方面，由于经过了历代诗人的淬火磨炼，反复熔铸，诗画组合，形成一个诗词的专用语汇系统，内涵了某种特殊的意境，蕴藉了某种独有的神韵，打上了某种绚烂的色彩，创造性地形成了一种独特的诗意化形态，在很高的层面上实现了诗词体式的繁复，音律的严谨，意境的深厚。

这般诗意化的语汇，个例很多，历数起来，比如中华、神州、江山、社稷、凤鸟、神龙、青山、绿水、沧海、桑田、铁马秋风塞北、杏花春雨江南、大漠孤烟、长河落日、平步青云、衣锦还乡、凤毛麟趾、待从头收拾旧山河（好一个"收拾"）；烈士暮年、壮心不已，无边落木、不尽长江，走马扬鞭、打马上京、秋波荡漾、红袖添香、红杏出墙、明月出天山、走马荐诸葛……一直到当代毛泽东诗词中极富创新意义的指点江山、激扬文字、长城内外、惟余莽莽、大河上下、顿失滔滔、秦皇汉武、唐宗宋祖、踏遍青山、魏武挥鞭，等等，不可胜数，应有尽有，可谓天衣无缝。其四字结构为骨架的语汇，历经熔铸，相对稳定，其诗意凝结、文化观照、审美意象，形成了巨大深厚的凝聚力、亲和力、审美力。如果弃之不用，会顿失古典意味，变得不伦不类，丧失了古色古香，不成其为传统诗词。老马识途，如果写作"老马识路"，行不？虽然口语化了，但失去凝重感，平仄失律，更少了古色古香的特定历史感和艺术审美感。

唐宋时期，这个诗词语汇系统基本形成，千年来逐渐定型，成为中华诗词达到高峰的必备语言条件。这个语汇系统的丰富、博大与精微，让人神会其中，吟味不已，叹为仰止，敬佩不已。寇老的诗词中，不少四字句，对句对语汇的萃取、提炼，也无不生动地体现了传统语汇的诗意特色，八濛晓雾、濛山岩水、秦砖汉阙、三江两岸等四字句，以及不少对句如青山绿水与舜日尧天、异草奇花与骚人墨客、柔桑碧柳与翠柏青松等，都是颇见性灵、很带神韵的绝妙佳对。

任何一个时代，都会将所处社会的特定时代性、政治性的语汇，试验性地、摸索性地融入诗词作品，希望将鲜明的时代记忆遗存下来，新鲜注目。这种追求，意图很好，从来不曾中断。尤其是当今社会，很多老干部退休下来，写作诗词，都是大量引入当今时代的政治语汇。这样做的结果，并不尽理想，大多与传统诗词语汇的走势格格不入，以至于取代了传统诗词古色古香的高雅意境。把这一点作为背景陈述，可以看到，寇老对诗词艺术有自己执着的追求，首先是要写出古典诗词的原汁原味，虽然寻求时代的味道，但绝不异化，而是强化。读他的《八旬初度遣怀》（四首之一）：

> 莫笑平生两袖空，家无长物沛清风。
> 离休俸禄妄言少，著有诗书不算穷。
> 淡饭粗茶还赏菊，文坛艺苑忝雕虫。
> 先人大宋背靴去，侪辈安幸造化功？

诗句中充满当代人特有的素朴风貌和凛然正气，以及离退休之后不曾放弃更移的精神文化追求。这应是当今时代的社会价值追求，当今时代的诗意化味道。因此，当作者把它与自己的先人、大宋王朝曾经"背靴"而去的寇准比较起来，自然是造化之功断不可辜负啊。再比如"年少风流志气宏，图强国事觅芳丛。忠忱林茂千株绿，笃爱财经百业红"（《赠王小铭同志》），这不正是一代人精神风采的写照？"一湖碧水英雄泪，万叠青山烈士心。""一亭烟雨九江棹，四壁云山万壑松。""千家万户瞳瞳日，万水千山处处春。"都很好传达了当今社会已经很是难得的庄肃情怀。"山河壮丽如春锦，手足亲情似海深。

14

临别依依何遗憾，暮云秋树总牵魂。"（《在荆门兄妹告别》）这样的别离，有"山河壮丽"作背景，与古人别离之情应是大异其趣了吧。有了这般的当代情怀，诗词震动人心的时代性、政治性也就在其中了。同是渠县同乡的当今著名诗词大家周啸天先生，对当代诗词提出了"书写当下、衔接传统、诗风独到"的主张，很精辟，用来衡量寇老的诗词作品，也是恰当的。

充分熟悉和运用传统诗词的一套语汇系统，是实现平仄格律的前提。具备了语汇系统熟练运用的技巧，寇老对平仄格律的追求，显得难能可贵。平仄格律，是诗词艺术千年践行的必然结果，是诗词艺术语言的规律性体现。寇老拥有实践经验，深深感到平仄格律的奇妙，犹如翅膀，助飞长空，自由翱翔。传统诗词的写作，常被称作"苦吟"。此中平仄格律的追求与运用，对当代人来说，苦于旧学的先天不足；诗词文化素养、古文字功力的先天不足，苦于传统诗学环境的空气稀薄。因此，诗词格律的运用，是一个较为苛刻的要求，但又是一个不能不严格用以检验的标尺。令人吃惊的是，寇老以七十五岁的高龄，开始对诗词格律的追求，而今运用起来，虽说不上出神入化，可也是十分娴熟自由的了。

如《七旬初度自诩》（之一）：

> 七十年华去似烟，甘心静坐理论篇。
> 乱离不失平生志，回首方知尘世牵。
> 若问行程留底事，何妨探悉活神仙。
> 韶光已逝今安在？满目青山咏笔笺。

还有好些句子，诸如："弹琴幽谷知音远，敲韵诗翁感事多。""人生苦短情难了，好趁斜阳对酒歌。""松翠严冬经雨雪，月明炎夏话桑麻。"

所抒写的人生境界,平平静静,从从容容,但又韵味悠长,让人吟味不已。

诗词是中华文化的精粹所在,它在二三十个字的极其有限的空间里,任何山川风物、人文精神都可以得到精深的演绎和丰富的展示,让人获得艺术想象与感受的无限空间。精粹的奥秘在于,可以充分发挥中国文字表现力的精微度,发挥得淋漓尽致,发挥到极致,最终达到很高的高度和自由度。寇老的诗词追求,让我们感到了这种追求的无限空间。清代以来,中华诗词文化的价值取向,更在理论上得到明确,或谓意境、性灵,或谓神韵、格调,都讲求诗美境界的创造性高度。在一个地方,有寇老这样的老者牵头,集聚一帮人,从学术文化追求的意义上,建立诗社,创办诗词刊物,研究诗词,写作诗词,真是当今渠县的一大盛事。诗意栖居,被越来越多的人们看成是提升社会人生幸福指数的一个重要指标。展开诗词文化活动,是一个地方开展群众文化活动的重要一翼,所产生的文化引领作用,非同寻常。

写到这里,我又在想寇老森林这个名字。北国塞罕坝人有一句话说,如果没有森林,世界将会怎样?是啊,如果没有自然生态的大森林,世界不就很快成了沙漠!联想到寇老的"森林"这个名字,我要说,从古至今,很多很多像寇老这样的人,用写诗这一类文化艺术的创造行为,辛勤培植了我们这个世界的人文生态的大森林。如果没有人文生态的大森林,世界还会是世界吗?这,或许是由寇老写诗联想到"森林"这一大名给我们的最好解读吧。

这一次赴渠县,得知寇老已过八十八大寿。感而赋诗一首相赠,题名《寇森林先生八十八米寿之贺》,也是对寇老诗文集出版的祝贺吧。如下:

16

萧瑟秋风听大音,歌诗浩瀚入森林。

渠江八百賨巴地,壮志三千社稷心。

身系初衷图报效，词吟晚岁寄胸襟。

山川共贺重阳日，古柏苍松拨浪琴。

2018 年 2 月

写于渠县—成都

注：孙和平，四川开江县普安镇人，中共四川省委、四川行政学院退休教授。近年来主要的学术工作是学习运用文化社会学的理念和方法，田野调查于乡村间里，致力于四川本土文化资料的搜集整理，在四川方言文化、四川传统村落、开江及川东北地域文化三个学术领域形成 300 余万字的成果。也爱好散文随笔、传统诗词等的写作。本书特邀编审。

诗明渠水热　情结晚霞红

——读《中国艺魂》寇森林专刊

钟昌耀

　　读国家文艺名人寇森林《中国艺魂》专刊一册，嘱余读后为文。翻读之后，顿觉蹊径为开，文情并茂。全刊凡70余首，珠玑在目，美不胜收。

　　首篇写道："旭日东升歌四海，镰锤浩荡炳千秋。""四代核心承马列，八方疆土固金瓯。"（《"七一"光辉》）继而写道："满园春色耀神州，宏伟蓝图与日酬。人共山川中国梦，情倾鼎盛炳千秋。"　（《情倾中国梦》二）点出中国革命和建设之根本，时刻不忘举镰锤、承马列、固金瓯，进而实现伟大民族复兴中国梦。此乃作者终身为之奋斗的理想，也是心灵深处的主题歌。"高扬伟业胸中事，支柱精神代代传。"（《赞览阙路》）当下社会正处转型时期，各种消极因素凸显，文艺界更是乱花迷眼，寇君作为有近70年党龄的老党员老革命，心怀赤诚，向世人发出警示：无论何时，均须坚持党的领导，坚持马列主义，为实现中国梦奋勇不懈。做人做事如此，赋诗作词亦然。

"语林深处寻佳句，引吭高歌唱主流。"（《贺渠江诗社成立》）文学园地之欣荣，需百花齐放。当是倡导爱党爱国，尊崇革命前贤，弘扬社会主义价值观，构建和谐社会，并为之鼓与呼。此乃作者漫长人生之总结，长期修炼之真悟，弥足珍贵。

二曰讴歌宕水，爱我故乡。"血汗耕耘汉阙乡，为民谋福热衷肠。""宕渠原野高楼起，千里三江换彩装。"（《宕渠新貌》）怀为民之宗旨，洒自身之血汗，使昔日荒地之上幢幢高楼拔地而起，使宕渠大地城乡巨变。人生之幸，莫过于此，赤子之情也。"沧桑巨变民优裕，梦想成真众愿酬。"（《红霞满天》四）寇君童年饱尝贫困之苦，长大入党当干部，目的皆为群众脱贫致富，使家乡父老过上幸福生活。如今，壮志已酬，人生之快事也。"跨越立新功，丰碑群众中。"（《菩萨蛮·追梦吟》）"倾情老骥蹄勤奋，万里鹏程党领航。"（《重阳抒怀》）肺腑之言也。

三曰合时而赋，为民而歌。昔白居易："文章合为时而著，歌诗合为事而作。"寇君紧扣时代脉搏，代民心声。党的十八大期间，他高歌："盛会精神传海角，东方旭日照航程。"（《欢庆十八大》）他赞颂中国梦："民众同圆中国梦，赍乡喜棹小康舟。"（《豪迈》一）纪念抗日战争胜利70周年活动中，他缅怀抗战英烈，写道："临危不惧身殉国，正气千秋万世歂。"（《正气吟》）党和国家每有重大事件，都激起他万斛诗情，反映寇君忧国忧民之情怀，这表明其永不言老、与时俱进之精神。

四曰抒发情怀，求真逐美。习近平总书记指出："追求真善美是文艺的永恒价值。"该刊之诗词：情性率真，真事真语，是为真也；救灾扶危，政德人和，是为善也；美景美句，韵和律美，是为美也。倘喻善美为枝花，真则为根柢。何为真？清乔忆曰："能感人者便是真诗。""千里寻芳峻岭间，丛林叠翠绿茵园。黄洋界上炮依旧，大井村中景更妍。"(《井冈山览胜》一）以比喻手法，托赞山川景色，抒发红军长征胜利之豪情，亦是自我人生之写照，可谓坦诚心怀，堪称真也。

写自我人生的经历、人生的情怀、人生的感悟，乃写作之正道。寇君创作之路，正是如此。"出生清苦，小时候，愁吃缺穿挣扎。勤读诗书，求上进，跨入来中心急。幸遇良师，倾情引导，飒爽英姿烈。紧跟红日，为烝民献心血！驱虎豹打豺狼，锐气昂昂，坚守宣传悦。平地春雷催改革，鼓劲充当喉舌。历尽沧桑，雪须霜发，胸怀信念。与君同赏明月！"(《念奴娇·老耄自诩》）短短百字令，漫漫八旬春，尽皆跃然纸上。如今终于如愿以偿，美誉等身，韵果丰硕。

"共筑繁荣文化梦，同心奋进驾飞舟。"(《贺渠江诗社成立》）寇君于晚霞璀璨之际，发起成立渠江诗社，创办《宕渠诗丛》；筹划并大力推动渠县建成"中国诗歌之乡"，使古老阙乡大放时代文化之异彩。他高擎传统文化的旗帜，21世纪所写下的宕渠文化辉煌篇章，必将推动家乡文化和经济建设事业发展，留在阙乡的史册中！

注：2016年中国艺魂杂志社出版《寇森林专刊》载诗词70余首，收录于本书。

钟昌耀，笔名钟声，1932年6月出生，渠县清溪场人。现居泸州市，1950年1月参加革命工作，曾任《泸州公安报》主编，泸州市公安局办公室主任，系四川省作家协会、省诗词协会、省书法家协会等会员，中国老年书画研究会创研员。退休二十余年，钟情于诗书画，现任四川省老年书画研究会常务理事、泸州市老年书画研究会副会长、《泸耆艺苑》诗词集主编。著有《宕泸吟踪》诗词集及《公安实践与思考》《钟声依旧》等文集多部。

《追梦之路》序

李同宗

寇森林先生《追梦之路》是一部格调质朴刚劲、风格鲜明、文字流畅、情志交融的诗词作品汇集；是一部跨越时间长达 75 年、带有时代烙印的沧桑岁月史；是一位老党员、老干部、老教员（理论）、老诗人"牢记初心、紧追国梦"，以诗记史的回忆录。翻阅之余，令人感慨万千。

进入鲐背之年，身板还如此硬朗，头脑还如此清晰，思维还如此活跃，写作还如此勤奋，这在不少耄耋、古稀者，甚至花甲者中间也是少见的。他的作为、他的素养、他的精神，知者多赞，识者多敬。人们亲切地称他"寇老"。

寇老非常清楚，诗歌是一种神奇的力量，它能振奋人的精神。他下了很大功夫学诗、写诗、填词。离休后，诗歌学习、写作花去了他的主要精力。先新体，后旧体；先创作，后编辑；先兼职，后专职，总之，数十年不离诗。前前后后留下 4000 余行诗词，并在全国各地报刊、书籍发表及影视媒体播放300余首，主编诗集6部，诗刊18辑，出版个人诗歌专集3部。为创立青少年诗歌"新苗杯诗歌大赛"奖，组织诗歌进校园，主办《渠江诗丛》，建立诗社、诗协，争创"中国诗歌之乡"及开展大大小小诗歌创作、朗诵活动。其间，参与策划、组织、领衔，可说是尽职尽责，身手不凡，劳苦功高。

寇老在诗歌创作中带着自己的观点、方式、情趣和笔墨及时地能动地去采访，去感受，去反映社会生活，收获是明显的。《追梦吟》《渠江吟》《宕渠脱贫攻坚感赋》《喜脱贫》等诗篇，热情讴歌了党带领人民群众脱贫攻坚奔小康所带来的新变化，出现的新面貌，并着力以白蜡村、大山村、五通村等具体的人物和场景点示辉煌，留住诗意。记得曾有诗人"扭住巴山唱""守住典型写"的先例，寇老的诗，与此大体相似，当属"百花"丛中一朵花，同样有参与竞放之权。寇老守住家乡写，扭住时代唱，显示了自己的个性特征，既不是雷同化，也不是一般化。这部集子所提供的启示，是值得关注的。寇老在写作中，对时代的敏感性，对人民的责任感，是值得推崇的。我们应当像他那样，认真、切实地去感受生活，练就一身与别人不相同的笔墨，坚持以人民为中心，写出让读者喜欢阅读的诗来。说实在的，只有为人民群众所喜闻乐见的作品，才有生命力。

2018年4月8日

注：李同宗，四川渠县人，县文艺创作办公室原主任，中共党员，副编审，省作协会员，曾任县作协副主席、秘书长，现任《濛山文艺》《宕渠诗丛》副主编。已出版诗文集《啄木鸟》《流江月》，编著《中国电影之最》《宕渠民俗》，编辑和合作编辑《渠县文学作品选》《诗文渠县》《红色渠县故事集》《百年承诺》《渠县百岁老人画册》等书24部，报刊发表作品500多件，其中《屈原赋》《耍锣鼓》获国家部门奖励。业绩收入中国人事出版社《中国专家大辞典》。

中国梦是我心中的阳光

自序

2012 年 11 月 29 日，在中华民族的历史文化殿堂，党中央习近平总书记向全世界庄严昭告了中华民族近代最伟大的中国梦。

实现伟大中国梦的号角，像春雷，响彻了大地；像阳光，暖透了中华儿女的心扉；像明灯，照亮了中华民族的新征程；像东风，吹动了全球。这是党中央发出的召唤，谁不为之激动万分；谁不为之奋勇争先；谁不为之攻关克难；谁不为之感到使命光荣？

旭日东升照九州，胸怀伟略启新猷。
凝心聚力圆真梦，国富民强夙愿酬。

"实现伟大复兴是中华民族近代以来的最伟大梦想"，这个梦想"一定能实现"。实现伟大的中国梦，就是要实现国家富强、民族振兴、人

民幸福；就是要在建党一百周年时全面建成小康社会，在建国一百周年时建成富强、民主、文明、和谐的社会主义现代化强国。这是以习近平总书记为核心的党中央精心描绘出的宏伟蓝图。我们一定要紧密团结在党中央周围，心往一处想，劲往一处使，拧成一股绳，苦干实干，"两个一百年"的奋斗目标，一定能达到。习近平同志为实现中国梦所发出的号召，极大地激发了13亿中国人民的内心渴望和高涨热情。大江南北，五湖四海，从城市到乡村，从家庭到每一个人，都在尽心尽力，雷厉风行，努力践行伟大中国梦，汇成了气势磅礴，一往无前的历史潮流。我们四川，"实现伟大中国梦，建设美丽繁荣和谐四川"的主题教育活动正如火如荼。我们渠县践行伟大中国梦，统筹城乡发展，建设幸福美丽新渠县的步伐，波澜壮阔，蒸蒸日上。此情此景，令人心潮澎湃，以诗赞之：

满园春色耀神州，宏伟蓝图与日酬。

人共山川中国梦，情倾鼎盛炳千秋。

中国梦归根到底是人民的梦，是千千万万个普通中国人的梦。就我个人而言，中国梦就是我的梦。由于客观世界的不断变化，我的梦也随之而逐步升华。1933年秋，中国工农红军入驻渠县，她在静边镇寇家坝上文昌官我的住宅建立了村苏维埃，我父亲参加了村赤卫队，村苏维埃的干部全是我的长辈，那时我还是刚到4岁不晓事态的幼童，竟不自觉地拿起碗筷，到村苏维埃食堂的饭甑侧边去向长辈要白米干饭，这是在自己家里很难见到的佳肴，吃起来感到格外香甜。后来红军撤走，村苏维埃解体，但是吃红军的白米干饭成了我在青少年时期朝思暮想的梦想！

时隔15年后的1948年，我在渠县私立来仪中学（现渠二中）上高中一期时，多次听了老师的时事演讲，老师又给我读了艾思奇写的《劳动创造世界》一书，还不折不扣地完成了老师交办的任务，经受了革

24

命斗争的考验。在放暑假的时候，任乃忱（又名任扬，任时雄，龙潭起义军政治部主任）便介绍我参加了中共地下党。在当时那种天昏地暗，剿共灭共之声甚嚣尘上的气候下，向党宣誓，我愿为实现社会主义、共产主义而奋斗终身，使我的梦想达到了最高境界。

从此，我就满腔热忱地跟着党和人民追寻着这个梦，这是我长期渴望和向往的梦想。今天我们比任何时候都更接近这个梦想，也比任何时候都激动难眠。我情不自禁地写下了两首诗，道出我的心迹：

一

血汗耕耘汉阙乡，为民谋福热衷肠。
回眸水患多悲壮，重建家园更气昂。
务实求真追跨越，排山倒海铸辉煌。
宕渠原野高楼起，千里三江换彩装。

二

春花怒放满城乡，万紫千红喜若狂。
七色彩桥圆好梦，五条通道震玄黄。
金堤玉岸腾云路，遍地琼楼沐艳阳。
古宕容颜今巨变，且看明天更风光。

我虽然89岁，却已在文化宣传战线上磨炼了半个多世纪。这些年为唱响建设美丽中国这一时代的主旋律，为实现伟大的中国梦和建设幸福美丽新渠县推波助澜，我在全国40多种书刊上发表了600余首诗词，也在全县性的一些重大庆典上朗诵过一些诗词，还助推我县文艺界，年年编辑诗集，年年办书画展览，年年送春联到农户。我于2013年创建了"渠江诗社"和《宕渠诗丛》（季刊），揭开了渠县诗歌界的历

史新篇章；2015年又首倡创建了"渠县·中国诗歌之乡"暨设立"杨牧诗歌奖"；2016年又倡导本县年年举办"新苗杯"校园诗歌大赛，推动诗歌进校园、进万家，都得到了县委、县政府领导的支持和肯定，也得到社会的广泛关注。现在，我还在这些方面继续努力。为实现伟大的中国梦，建设幸福美丽新渠县增光添彩，就是我久盼和追求的梦想。

回顾过去，在追梦路上，风雨兼程地走过了近70年，真是感慨万千，是以赋之：

念奴娇·老耄自诩

出生清苦，小时候，愁吃缺穿挣扎。勤读诗书，求上进，跨入来中①心急。幸遇良师，倾情引导，飒爽英姿烈。紧跟红日，为烝民献心血！

驱虎豹打豺狼，锐气昂昂，坚守宣传悦。平地春雷催改革，鼓劲充当喉舌。历尽沧桑，雪须霜发，胸怀信念。与君同赏明月！

注：①来中，指渠县私立来仪中学（现渠二中），系川东地下党的活动据点。

岁月的车轮沉淀了斑驳的痕迹，历史的记忆留下了悲壮的回声。在举国欢腾，欢庆中国共产党第十九次全国代表大会胜利召开之际，我将从幼年（1933年）至今的经历和感受，或诗或文，凝成的一曲曲凯歌，有的曾在全国40余种书刊发表，有的也曾在2008年出版的《宕渠行吟》专著上刊载过，现在加以修订，加上新作，汇编成《追梦之路》这本集子。这些字里行间，映照了中国共产党领导中华儿女在筑梦的伟大征程中，浴血奋战、艰苦卓绝的足迹；展示了中华民族在追梦路上的一座座巍然屹立的丰碑；显示了祖国山河的壮美画卷。尽管如此，由于水平有限，这仍不足以充分表达我内心深处的激情和自豪感，尚待继续努力锻造！

26

2017年12月

目录

序　章

诗词篇

逐
梦
之路

追梦之路

追梦之路

目录

目
录

013

散文篇

诗词篇

第一章 勇追国梦

○ 追梦灯塔

"七一"光辉

一

旭日东升歌四海，镰锤浩荡炳千秋。

旌麾指处楼兰斩，剑气冲天社稷谋。

四代核心承马列，八方疆土固金瓯。

红旗漫卷祥云舞，华夏腾飞势正遒。

二

党领航程越激流，追星赶月驾飞舟。

许身报国青春献，致富离贫壮志酬。

喜看山河百族舞，欣闻老少大风①讴。

千帆竞发迎彤日，未尽余辉岂可休。

注：①大风，引自刘邦的《大风歌》诗。

2007 年 7 月

井冈星火

工农割据井冈山，众举枪杆夺政权。

铁马金戈摧旧制，燎原星火照新天。

黄洋霹雳雄风振，湘敌垂头士气恹。

牢记初心歌胜地，红旗猎猎唱诗篇。

延安宝塔

一

四海明灯照，烝黎竞折腰。

工农旗挺举，大井①火延烧。

万里冲锋击，三军乱窜逃。

窑中文笔动，旭日映天昭。

注：①大井，指毛泽东同志在井冈山时期的住地—大井村。

二

览胜临延水，思源热泪流。

明灯辉禹甸，宝塔立心头。

数载将倭猎，千军卷席收。

开辟新世界，唱彻信天游！

2006 年 7 月

沁园春·咏党

履险南湖，绿水行舟，立党为民。忆镰锤旗树，聚凝英杰；风雷激荡，创建红军。粉碎围追，挥戈跃马，制伏东洋景象新。追穷寇，令乾坤扭转，大地回春。 雄师笑傲风尘。扫残敌、翻身做主人。看核心四代，忠于马列，精英千万，造福黎群。特色旗飘，小康歌起，创造辉煌盖世勋。今回首，比爹亲娘好，胜似天恩！

千秋岁·"八一"颂

云腾浪起。举事南昌里。离虎穴，为真理。井冈山汇合，万里奔车骑。降倭寇，红旗漫卷迎新喜。 百战惊天地。万剑盈豪气。除腐朽，歼凶痞。拨开乌云后，丽日当空绮。论威武，试看天下谁能比！

2007 年 8 月

沁园春·长征火炬

　　八十年前，万里长征，历史新篇。看古今中外，何人伦比？东西南北，谁敢阻拦？虎豹豺狼①，蜈螣庆父②，难挡红军勇向前。岂能畏，那雪山草地，恶水峰巅。　　龙骧虎步延安。驱倭寇、红星映满天。乘雷鸣电闪，红旗浩荡；山崩地裂，戎马狂欢。还我河山，收回失地，打得东洋人马翻。齐天乐，庆太平世界，重整家园。

　　注：①虎豹豺狼，喻指国民党反动派对红军的围追堵截。②蜈螣庆父，喻指张国焘反对红军北上，分裂党和红军的活动。

沁园春·怀念毛泽东

——纪念毛泽东同志诞辰 110 周年

旷世英豪，毓秀湘潭，赤日耀升。看雄文五卷，光辉马列；大山三座，垮塌无垠。星火燎原，长征万里，南北旌麾虎阵赢。歼顽敌，咏钟山风雨，笑傲金陵。　红旗漫卷京城。旧中国疮痍满目惊。慨宵衣旰食，复兴华夏；跋山涉水，体察民情。指点江山，宏图大展，造福炎黄万代兴。功勋载，树千秋伟业，热泪盆倾。

齐天乐·邓小平颂

晴天霹雳乌云散，红霞满天璀璨。壮丽山河，青葱翠绿，喜看繁花开遍。风云突变，跳出"四人帮"，国遭厄难。邓帅挥师，挽狂澜斩尽妖患。　创新理论实践。促中华崛起，兴利除谵。两制同行，回归港澳，寰宇烝民惊叹。城乡统揽，溯幸福源泉，九州夸赞。卓著功勋，口碑传永远。

2014 年 5 月

沁园春·小平好

　　翠绿华蓥[①]，毓秀英豪，伟大小平。看英年赴法，耽于马列；经天纬地，帷幄精英。白色挥戈，西南主政，先圣为民万众称。谁能想，遇三升三落，举世皆惊。　　扫除妖雾[②]天青。第三次、登堂破固冰。又拨正航向，扬帆挺进；坚持改革，众志成城。重振雄风，推行两制，强国兴邦高举灯。新方略，树中华特色。万世恩情。

2004 年 8 月

　　注：①华蓥，指华蓥山，邓小平出生于此山南麓的广安市。②扫除妖雾，指粉碎"四人帮"。

沁园春·颂中国梦

　　伟岸中华，展翅腾飞，跨入梦乡。叹文明古国，几经强贼，横行鱼肉，遍体鳞伤。志士仁人，岂能忍受，奋起操刀斩恶狼。新中国，有三军捍卫，固若金汤。　　尖端科技精良。话梦景、人民意气昂。仗创新理念，劈波斩浪，高歌猛进，巨变沧桑。伟业康庄，励精图治，构筑丰碑谱乐章。长相忆，我中华民族，永沐朝阳。

2014 年 10 月

"十一"感怀

——献给中华人民共和国成立 67 周年

紫气盈庭不夜天，阳光灿烂动琴弦。

雄鹰展翅腾空起，倒海翻江织锦篇。

纪念邓小平同志诞辰 100 周年

一

欢声笑语谈古今，华胄盛誉邓小平。

绘制蓝图铺锦绣，南行一语破天惊。

城乡平地高楼起，溢彩流光万物莹。

国富民康兹少见，邓公恩德浩如瀛。

二

雄文五卷明航向，华胄飞腾致富亨。

科技条条兴国路，朝晖道道紫光盈。

千村万户瞳瞳日，五谷丰登季季荣。

纬地经天神国首，人人翘首颂英明。

2004 年 7 月

○ 圆梦曙光

欢庆十八大

桂香一夜透燕京，华夏无疆喜气盈。

盛会精神传海角，东方旭日照航程。

俱施德政苍生福，不负英明举世惊。

展翅鹏飞中国梦，城乡处处起歌声。

观电视剧《筑梦路上》有感

红船破浪逐潮流，举起镰锤雪国仇。

百万雄师驱虎豹，三军威武除貔貅。

乾坤扭转沧桑变，华夏腾飞气势遒。

筑梦狂潮惊玉宇，丰功伟绩炳千秋。

追梦之路

情倾中国梦

一

蓬勃生机灿九州，文韬武略启新猷。
凝心聚力争奋进，国富民强夙愿酬。

二

满园春色耀神州，宏伟蓝图与日酬。
人共山川中国梦，情倾鼎盛炳千秋。

三

英姿焕发铸丰碑，盛世当歌奋进诗。
禹甸山河铺锦绣，五方无处不芳菲。

四

红旗招展耀环球，旭日当空照九州。
十亿炎黄豪气壮，披肝沥胆铸春秋。

国庆感怀

焰火腾空不夜天，满园春色动心弦。

拍蝇打虎舒民意，奋勇攻坚织锦篇。

○ **血战倭寇**

难　忘
——纪念抗战胜利 60 周年

一

国耻难忘九一八，三光政策毁吾家。

卢沟桥畔烽烟激，东北平原落日斜。

抗日救亡全国奋，收回失地万民夸。

东条战犯终枭首，紫气东来焕彩霞。

二

难忘昔日打东洋，数载坚持驱恶狼。

"义勇""大刀"呼万众，"平型""太行"逞豪强。

风雷闪电山河动，日本天皇俯首降。

大庆奇功歌正义，扬眉吐气乐安康。

三

勿忘国耻记卢沟，满目疮痍举国愁。

百战疆场伤敌胆，数年血海斩倭酋。

雄关浩气连天涌，逝水欢声拍岸流。

光复河山惊宇宙，樽前含笑试吴钩。

回眸日机轰炸渠城感怀

一

勿忘国耻羞，牢记日侵仇。

炸弹凌空落，硝烟遍地稠。

残肢飞树冠，鲜血淌江流。

凶恶书难罄，回眸恨未休。

岂畏还魂梦，顽强抗貔貅。

二

狂轰滥炸火频燃，警报声声震破天。

鲜血浸衣连号哭，横尸遍野起狼烟。

渠江儿女仇铭骨，抗战英雄箭上弦。

倭寇痴心吞钓岛，神州不是旧坤乾。

2015 年 8 月

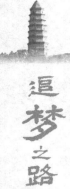

正气吟

天下母亲恩最深，抚育儿女献丹心。

临危不惧身殉国，正气千秋万世歆。

2016 年 4 月

赞抗日老兵段知财

骏马奔腾飞缅甸，满腔怒火气如雷。

库芒山岭攀藤葛，异国林中宿地苔。

激战密那歼日寇，功成伟绩震天垓。

腹埋洋弹七零载，虎背熊腰笑口开。

2016 年 5 月

斥安倍

东瀛昔日很猖狂，烧杀奸淫超虎狼。

罪恶已钉耻辱柱，如今安倍还哭丧。

强行兜售"新安法"，可恨蛮横不自量。

世赞神州强盛路，和平主旨与天长。

2016 年 7 月

捍　卫

入侵倭寇罪昭彰，华夏军民岂可忘？
顽敌若要来惹火，敢将肝胆拼疆场。

大圣乐·中华魂
——纪念抗战胜利60周年

　　回顾当年，日寇蛮横，地暗天昏。忆长城内外，腥风笼罩；大
江南北，硝雾弥尘。两万长征，龙骧虎步，引领航程射大鲲。驱倭寇，
凭精诚团结，壮志凌云。　　延安转战艰辛，举星火、燎原围匪军。
历数年抗战，黄河咆哮；四方挺进，战马飞奔。血肉成城，枪林弹雨，
铸就中华民族魂。歌豪气，众继先驱志，激奋精神。

沁园春·纪念抗日战争暨世界反法西斯战争
胜利七十周年

　　遥想当年，倭寇横行，暴虐绝伦。忆中华大地，腥风飒飒；神州五岳，血雨雾雾。华夏群英，挥戈上阵，舍死忘生杀敌人。歼顽寇，聚仁人志士，气贯昆仑。　　联合反战盟军。令鬼子元凶落魄魂。凭数年抗战，长江怒吼；十方挺进，骏马飞奔。广岛烟消，东条败北，光复河山送凶神。今回首，集千仇万恨，尽扫烟尘。

沁园春·纪念抗日战争胜利七十周年

　　没齿难忘，鬼子临门，鸡犬不宁。叹烽烟半壁，弹焦热土；欺凌百姓，血染金陵。危难关头，英雄"八路"，万众一心斩恶鲸。曾记否？庆"平型""百战"，虎豹魂惊。　　数年抗战峥嵘。杨家岭、遥望北极星。凭长城怒吼，光复河山；黄河咆哮，万马奔腾。祸首魂飞，魔灰供在，靖国神门七十龄。今参拜，又"编修"美化，欲唤幽灵。

第二章 时代新篇

千古颂新篇

开天辟地党旗扬，志士仁人急起航。

救国救民追梦想，挥镰挥锤挺胸膛。

刀山敢上军威壮，火海何妨马蹄骧。

万里长征驱虎豹，横戈悬剑射豺狼。

历经千战惊天地，不惜肝肠扔洪荒。

寒雨冰风共甘苦，凝心聚力倒魔王。

旧制推翻乾坤转，金影摇晴道路昌。

装点江山惊宇宙，中畴旷野闪金光。

勿忘使命穷追梦，决胜扶贫建小康。

时代新篇千古颂，国强民富万年彰。

长留浩气浮天远，景象升平与天长。

前辈艰辛铸勋业，承先启后更辉煌。

2017 年 10 月

核心颂

　　中共十八届六中全会明确了习近平同志为党中央的核心地位，作出了治党治国新的战略部署和召开十九大的决定。这是推动历史车轮滚滚向前的豪迈步伐，闻之者无不拨动心弦，谨赋此以颂之。

一

江山红日动琴弦，虎跃龙腾震九天。

盛世核心豪气壮，中华馨烈①梦魂牵。

金戈铁马情奔放，砥柱中流义凛然。

神箭飞天惊夕兔，挥师南海抗强权。

注：①馨烈，引自汉·张衡《西京赋》，意为流芳千古之伟大事业。

二

高悬利剑驱贪腐，正本清源治党严。

旰食宵衣施雨露，恩波浩荡涌甘泉。

长风破浪乾坤转，击楫中流日月躔。

斩断穷根功盖世，挽回苍海独擎天。

咏自信

——欢庆中共十九大

一

凤鸟翱翔迎盛会，神龙慧眼耀天涯。

匠心独具宏图展，笑看神州锦上花。

二

秋高气爽喜盈门，特色旗飘国势尊。

时代新篇昭日月，春雷激荡正乾坤。

千军万马登危壁，四面八方助困村。

决胜小康豪气壮，天涯海角动吟魂。

三

浩荡春风催奋进，胸怀远景胆气豪。

时代新曲丰碑壮，重塑桅樯逐浪高。

礼赞新气象

中坚宣誓

2017 年 10 月 31 日，习近平总书记带领党中央十九届政治局常委在中共一大会址庄严宣誓，字字句句，声如洪钟，令人心潮澎湃，激情喷涌，争先践行，是以赋之。

绚丽朝阳曜满堂，英姿焕发气轩昂。

天惊地骇铭终志，雷动春回为国强。

牢记初心谋愿景，不忘使命踏冰霜。

看齐重在层层学，国正航程向远方。

习总书记莅川视察

2018 年 2 月 10 日至 13 日，习近平总书记莅川视察，无论城市还是乡村每到一处，都与干群亲切交谈，勉励大家砥砺前行。

巴山蜀水喜盈门，一曲江流别有村。

领袖千言扬壮志，深深足印带泥痕。

2018 年 3 月

咏新篇

——渠县第十三届党代会三次会议《报告》读后

（一）

龙吟虎啸咏新篇，好景无穷万里天。

春色满园难尽赏，横戈跃马猛攻坚。

千军勇摘贫困帽，百年新翻富强篇。

明月清风惊四海，斩荆劈棘又挥鞭。

（二）

精准扶贫铺画卷，千支彩笔写诗篇。

攻坚何惧难关险，济困甘将热血添。

凿岩开山修富路，电商合作觅财源。

小康丰厚思贤哲，春色弥天奏管弦。

（三）

浩荡春风催奋进，胸怀远景逐浪滔。

时代新曲丰碑壮，击楫中流撼海涛。

（四）

血汗凝成锦绣篇，站高谋远勇争先。

并肩同运千钧力，消灭贫穷别有天。

追梦吟

　　渠县第十三次党代会站高谋远，作出了打赢脱贫奔康攻坚战、建设幸福美丽新渠县的豪壮部署，见之者无不欢欣鼓舞，奋力践行，是以疾笔吟之。

一

东方日出耀赛乡，新制蓝图立总纲。
精准脱贫头等事，百年承诺怎能忘？
深谋远虑施良策，坚守担当志气昂。
拔掉穷根光岁月，满园春色步康庄。

二

金秋桂蕊喷奇香，飒爽英姿聚一堂。
紧扣目标同步伐，齐声相应与天长。
脱贫精准千钧矢，献策谋强万楫忙。
开拓谏言酬梦想，同舟共济谱华章。

三

山间竹海万千重，青凤催春入梦中。
脱贫心急如救火，劈波斩浪展雄风。

四

金秋丹桂拥街沿，凝聚英豪气凛然。

誓叫千山披绿袄，情倾万水竞争妍。

清风明月开窗见，渠县悠然现眼前。

奋勇冲锋追国梦，凫驱雀跃舞蹁跹。

银凫展翅凌空舞，逐浪掀波气势雄。

千里平畴添画意，三江绿岭更昌隆。

条条大道金光闪，季季如春伟业丰。

办事不离村社户，深居简出地天通。

仙岛蓬莱何处找，濛山宕水乐无穷。

奋勇续追中国梦，犹期早日满堂红。

五

傲雪寒梅向日红，年年岁岁送春风。

今朝又展凌云志，奋勇争先建奇功。

六

阳春三月万象新，聚力凝心谋脱贫。

奔向小康闻鼓角，饮冰不寐为人民。

2017 年 1 月

宕渠脱贫涛韵

喜脱贫

欣阅《人民日报》3月25日、《光明日报》3月30日分别报道：渠县经中央、省、市11次"大考"验收，2016年已有10个贫困村如期摘帽，2.088万贫困人口顺利减贫。彻夜难眠，是以赋之。

绚烂朝阳施德政，人攀丹壁觅甘泉。

架桥铺路金光闪，科技生根缀锦妍。

截断穷源除弊事，桃红柳绿满山川。

康庄美景惊寰宇，追梦风光映碧天。

巾帼行动在白蜡山村

天阻攀登不畏难，攻坚赴任女村官。

耳闻稼穑荆牛喘，目睹蓬门冷灶寒。

探苦访贫心血沸，走乡串户地天宽。

溯源究底除根蘖，划策筹谋踏巨澜。

万镐开通殷富路，千家种下脱贫钱。

果蔬甘美敷神采，产品营销摘桂冠。

追梦奔康春色好，丰餐厚履笑声甜。

脱贫精准捐肝胆，巾帼名标青史传。

宕渠脱贫攻坚感赋

僻野荒村度日难，危檐屋里吃蔬餐。

百年承诺饥寒灭，虎骤龙驰竭力趱。

引领村民奔富路，驱贫济困挽狂澜。

千丘尽种摇钱树，百业皆成聚宝篮。

农贾联盟田土转，推销产品地天宽。

坚贞施救慈心献，切断穷源福祉安。

帆高风顺康庄道，绚烂春光万众欢。

2017 年 8 月

宕渠脱贫攻坚写照

（一）

经天纬地大诗篇，气贯长虹北斗边。

九鼎诺言谋福祉，百年美梦届期圆。

中枢引领奔康路，举国登攀意志坚。

恤苦扶贫施德政，摸排精准解民悬。

攻坚何惧荆榛阻，济困甘将义胆捐。

栽种千畴收富裕，拓开百业攒银钱。

营销产品途程广，科技扶贫特色鲜。

时代新潮掀巨浪，风高帆顺可回天。

（二）

精准扶贫铺画卷，千支彩笔写诗篇。

攻坚不怕难关险，济困扶贫热血添。

凿岩开山修富路，电商合作掘财泉。

小康丰厚思贤哲，春色漫天奏管弦。

赞第一书记①

高扬旗帜，不忘初心。

丹心向党，筑梦脱贫。

百年承诺，共同践行。

第一书记，赤胆爱民。

访贫问苦，一片温馨。

求真务实，料事如神。

科技引领，造血功能。

热土金库，与日俱增。

山上山下，铺满画屏。

穷根斩断，遍野歌声。

注：①第一书记，指贫困村第一书记。

走基层

闻鸡起舞走基层，心急如焚马蹄尘。

消灭饥寒安社稷，烝民幸福万年春。

大山村①脱贫掠影

——记大山村第一书记邓强攻坚

英姿焕发邓强君，响应号召战脱贫。

串户走村摩困境，探贫问苦送温馨。

创新模式奔康路，架起金桥致富屯。

种植果蔬无数亩，枝繁叶茂千林荫。

家家院内飘霓彩，户户园中遍地银。

灿灿花丛披峻岭，大山佳境应时臻。

注：①大山村，隶属渠南乡。

五通村①脱贫感赋

——访五通村第一书记王琼

（一）

五通山岭百花香，万紫千红喜气扬。

群众辛勤施肥水，王琼引领献匡襄。

电商合作筹销路，农户增收笑满堂。

若问桃源何处有，红巾一指此山庄。

注：①五通村，隶属新市乡。

（二）

五通山岭段江琼，夫妇均成残疾人。

儿女少年如竹笋，残墙破屋难栖身。

王琼求助多方应，筹集资金解冻云。

消除愁肠圆梦想，宏恩大爱暖人心。

家乡彩霞

回乡感怀

金秋九月复骄阳，乘兴回乡喜气扬。

山上枫林红似火，路边芳草绿传香。

铁牛灵巧耕千亩，农户增收笑满仓。

惊见村头成闹市，沿途无处不新房。

访龙骨山村

龙骨山村向日红，脱贫精准力无穷。

修塘筑路功夫巧，勤奋耕耘地利通。

鸡鸭欢歌花果茂，猪羊满圈薯粮丰。

齐心迈进奔康路，拔掉穷根社稷功。

鹧鸪天·回乡

（一）

自幼长留故里情，离乡已有六零赓。从前劳苦钱粮匮，今日勤耕酒肉馨。　　逢盛世，贴民心。新村热浪彩云腾。惠风和畅人同享，紫气盈门乐太平。

（二）

久盼回乡看老房，驱车直往气轩昂。千畴稻谷翻金浪，遍地黄花飘馥香。　　崇科学，换新装。松苍竹翠闪金光。艳阳高照家家乐，万众齐心建小康。

宕渠新村

第三章　宕渠梦境

红霞满天

2015 年 1 月 12 日，中共渠县第十二届代表大会第四次会议隆重召开，余应邀列席，听了大会报告及县级机关一团讨论发言，深受感动，遂赋诗，以表心迹。

一

渠州巨变震玄黄，盛会群英气宇昂。

展翅腾飞追国梦，明天绿野更辉煌。

二

独秀梅花分外香，基层走访踏冰霜。

寒家老少扬眉笑，冬去春来换彩装。

三

金鸡喔喔歌今世，瑞雪迎春遍地银。

鹊笑羊年传喜讯，龙吟新岁震乾坤。

千家万户曈曈日，万水千山处处春。

得意扬鞭催骏马，雄风鼓荡奔小康。

四

日丽风和阙路游，沿途胜境眼难收。

沧桑巨变民优裕，梦想成真众愿酬。

五

马鞍山顶踏青天，万树苍烟路蜿蜒。

翠影风摇农户乐，蓬莱仙境逊吾园。

攻坚吟
——中共渠县第十三届党代会二次会议决议读后

（一）

群贤欢聚闪奇光，唱彻攻坚又起航。

宏伟目标豪气壮，潜心追梦树新樯。

（二）

万众齐心铺画卷，千支彩笔写诗篇。

攻坚不怕难关险，济困何愁热血添。

凿岩开山修富路，农商合作辟财泉。

站高谋远图佳景，捷讯频传震破天。

2017 年 2 月 13 日

贺渠县"两会"成功

——渠县第十六届人民代表大会/第十二届政协委员会第一次会议
盛况电视报道观后

一

瑞雪迎春万事兴，委员代表聚渠城。

聆听报告眸弥亮，讨论目标心更明。

一票庄严酬热土，群英荟萃拱贤能。

光荣职责宏图化，共建和谐享太平。

二

经霜傲雪蜡梅香，各路英雄济一堂。

议案民情逢义举，濛山风物放霞光。

敢将古镇除原貌，誓叫穷乡换彩装。

驰骋小康奔大道，千军万马志昂扬！

三

文峰显彩喜盈庭，渠水欢呼万事兴。

气壮山河辞旧岁，光辉日月耀江城。

阳春有脚民心暖，风鸟临门孺子情。

描绘蓝图兴伟业，阙乡处处凯歌声。

壮 举
——献给中共渠县第十二次代表大会

一

梅花簇拥党旗排，铸造和谐盛会开。

聚集精英征妙计，创新理念选奇才。

功勋史载千秋咏，振臂商招四海来。

莫道黎民嗟腐败，春雷激荡扫阴霾。

二

创新举措谱新篇，日就月将众了然。

明月清风扬正气，山河妩媚笑开颜。

勇攀壁垒登高处，惠及民生次第前。

跃马扬鞭追跨越，宕渠又上一重天。

豪 迈

——献给中共渠县委员会、渠县人民政府

一

大手挥毫描锦绣，连篇彩画看渠州。

五条生命救灾道，四海畅通强县筹。

民众同圆中国梦，赛乡喜棹小康舟。

创新奋进垂青史，伟绩丰功百姓讴。

二

赛邦处处涌春潮，追赶跨越逐浪高。

宏大目标兴伟业，灾区重建驾狂涛。

城乡统揽顺时势，治走治软领风骚。

奋发强县千载颂，为民造福是英豪。

宏　图

——喜闻渠县"十一五"规划

雄鹰展翅任翱翔，宕水奔腾向海洋。
古镇滨江描彩画，堤防玉岸固金汤。
文峰夕照鸡鸣晓，风洞长虹龙吐浆。
更喜农村铺锦绣，青葱大地变粮仓。

渠江吟

——中共渠县第十一次代表大会《决议》读后感

真抓实干方向明，加油把舵唱先行。
精耕热土添春意，巧竖桅灯照路程。
展翅横空鹏大举，乘风破浪众长征。
清流永葆东南注，造福黎民百世荣。

中秋抒怀

——献给渠县"迎中秋、庆国庆"盛典

明月中秋分外圆，巴山渠水共婵娟。
抗洪抢险丰收在，尘除淤清景物妍。
跨越迈开新步伐，和谐共建谱新篇。
濛山四野同心颂，喜看渠州锦绣天。

重阳抒怀

——献给渠县2010年老干部工作表彰会

九月黄花分外香，欣逢盛会度重阳。
争先奋勇挥余热，喜庆褒扬笑满堂。
登高赉谷簪野菊，茱萸插遍送清香。
倾情老骥蹄勤奋，万里鹏程党领航。

奇 观

——全县离退休干部考察跨越发展现场有感

一

大展宏图铺锦绣，连篇彩画看渠州。

防洪抢险创奇绩，重建灾区筑阁楼。

生命通衢昭日月，施行德政解民忧。

沿途美景难看尽，迈步康庄众愿酬。

二

春花怒放满城乡，万紫千红喜若狂。

七色彩桥圆好梦，五条通道震玄黄。

金堤玉岸腾云路，遍地琼楼沐艳阳。

古宕容颜今巨变，且看明天更风光。

三

金蛇狂舞涌春潮，万物增辉逐浪滔。
华夏腾飞惊宇宙，渠州跨越震云霄。
濛山原野通金路，古镇星空舞彩毫。
宕水风光无限好，创新步步接银涛。

四

雪映红梅盛会开，民心凝聚上台阶。
回眸去岁辉煌业，又看人间污垢排。
广厦康衢皆亮点，惠民强县满情怀。
今朝再展宏图志，百姓高歌幸福来。

渠江涛韵引豪情

一

阳春有脚民心暖，凤鸟临门问庶情。
宏伟目标扬特色，城乡无处不歌声。

二

龙飞凤舞喜盈门，燕剪东风万事兴。

气壮山河求鼎盛，长虹贯日曜江城。

宕渠新貌

血汗耕耘汉阙乡，为民谋福热衷肠。

回眸水患多悲壮，重建家园更气昂。

务实求真追跨越，移山填壑铸辉煌。

宕渠原野高楼起，千里三江换彩装。

宕水情怀

一

清波逐浪向东流，白练翻腾永不休。

履险奔驰图报国，披坚执锐勇歼酋。

丹心赢得三山倒，碧血迎来五岳幽。

喜看神州呈壮丽，江山如画炳千秋。

二

屋外风光翡翠浮，平畴千里盼丰收。

八濛晓雾沉江底，两岸奇葩映影流。

户户脱贫离苦海，村村致富上高楼。

炎黄齐咏和谐曲，遍地皆闻击壤讴。

三

惊涛滚滚翻银浪，绿水泱泱万顷秋。

白练如酥滋万物，川流不息润千丘。

粮丰物茂村村乐，酒美茶香户户悠。

辟地开天农免赋，碧云深处隐红楼。

四

荡漾碧波日夜流，三江两岸绿田畴。

民丰物阜千家暖，水秀山清万户优。

古木逢春蓬绿叶，奇葩绽放俏枝头。

山欢水笑迎盛会，舜日尧天誉五洲。

五

宕渠深情诗亮眸，波澜壮阔戏开头。

春风送暖千村乐，日月增辉万户幽。

四海齐吟歌一首，五湖共获果千艘。

生花笔绘和谐谱，国泰民安百世优。

六

宕水粼波荡小舟，秋风送爽任悠游。

青山绿水心潮涌，金谷银棉国库留。

更喜京华开盛会，创新马列树鸿猷。

红旗高举惊寰宇，构建和谐第一流。

汉阙风光不等闲
——赞《渠江之歌》

奇山异水宕渠县，古老文明久远延。

阙顶精雕留胜迹，汉砖铺地写诗篇。

龙湫白练飞珠玉，三汇彩亭接远天。

一曲凯歌惊天地，英雄辈出谱新篇。

1988 年 1 月

登马鞍山

春日寻芳上马鞍，登高远眺喜开颜。

柔桑碧柳争高路，翠柏青松嵌满湾。

原野披纱妆锦绣，小丘列阵布棋盘。

人间胜境难赏尽，童叟欢呼放纸鸢。

2005 年春

漫步万兴广场

一

舒适家居月季苑，琼楼栉比接云端。

园林景色呈幽趣，亭榭风光蔚壮观。

异草奇花开眉笑，骚人墨客赋诗篇。

赏心悦目情难尽，璀璨霓虹不夜天。

二

渠江彼岸一窝草，雨打风吹未折腰。

骇浪惊涛污垢濯，与花妆点阙乡娇。

三

月季苑中着彩装，天工巧夺布辉煌。

蜡梅秋菊傲霜雪，茉莉春兰闪露光。

翠竹古榕多挺拔，红花绿草吐芬芳。

园林漫步忘归意，如画如诗韵味长。

走进龙寨

龙寨风光好，林深引凤凰。

幽溪吟叠韵，悬岩挂清霜。

精景难看尽，须眉喜欲狂。

饮茶舒倦眼，神爽沐斜阳。

赞览阙路

十里长街芳草地，游人络绎笑颜欢。

浮雕故事惊游客，述说前朝风物篇。

今日宕渠真卓绝，珍稀宝库上峰巅。

高扬伟业胸中事，支柱精神代代传。

追梦之路

贺渠江诗社成立

蓝天碧水映渠州，盛世诗朋志远谋。
彩管开花留彩影，赛邦览胜入吟讴。
语林深处寻佳句，引吭高歌唱主流。
共筑繁荣文化梦，同心奋进驾飞舟。

2013 年 12 月

夏日渠江夕照

江映长虹拱架横，波翻柳浪起欢声。
沙滩赤足轻歌舞，临别情哥送一程。

渠江诗社 2014 年会

寒梅怒放满城香，盛世诗坛韵律强。
辞旧迎新怀壮志，群芳竞艳谱华章。

捣练子·渠县抗洪救灾四部曲

一

天潆潆，地沧沧，暴雨滂沱一夜狂。
肆虐洪魔漫市镇，渠江两岸受灾殃。

二

河荡荡，泪汪汪，意气风发斗志昂。
抢险救灾除肮脏，家园重建更坚强。

三

山晃晃，水泱泱，灾讯牵通国首忙。
四面爱心来救助，灾民搬进新楼房。

四

抓建设，治创伤，笑看洪魔投了降。
依靠人民依靠党，排山倒海铸辉煌。

2004 年 9 月

菩萨蛮·追梦吟

胸怀梦想濛山望，喜看赛国多强将。壮志驾狂涛，创新气势豪。
勇追圆梦县，幸福同心干。跨越立新功，丰碑群众中。

2004 年春

沁园春·赞宕渠园丁

英俊青年，云集渠师，雨洒校园。有华蓥霞蔚，春风送暖；寒
窗学友，梅雪争妍。云雾晨曦，文峰夕照，造就园丁出后贤。雄风振，
任蜂飞蝶舞，遍布全川。　　东西南北挥鞭。育新秀、诚心守杏坛。
纵崇山峻岭，何妨艰险；穷乡僻壤，岂顾危安？沥血呕心，蚕丝吐尽，
烛泪流光胸坦然。看今日，喜贤明荟萃，乐谱宏篇。

2005 年 9 月

沁园春·渠江吟

浩浩渠江，滚滚波涛，两岸绿装。喜地灵人杰，物华天宝；黄
花灿烂，呷酒醇香。竹艺金醋，蜚声世界，多次殊荣获奖章。非自满，
又革新技术，再造辉煌。　　农村步入康庄。看万户千家谷满仓。
仰红星北斗，甘霖滋润；生民和气，意志刚强。奋勇创新，和谐稳定，
与日俱增国运昌。吾欣赏，聚诗翁共饮，吟咏飞觞。

2007 年春

寿星明·渠江春色

宕水奔腾，瑞雪飘扬，大地迎春。望八濛四野，生机蓬勃；三江两岸，色彩缤纷。"华电"辉煌，"万兴"璀璨，呷酒芳香醉客人。望天际，看紫阳高照，宴醉东君。　　歌飞美景良辰。喜渠郡、山河日日新。忆抗灾播种，终收硕果，真情送暖，惠济庶民。鹊笑燕欢，鹰期凤盼，富裕和谐步步臻。瞻马首，又乘风破浪，再立功勋！

2012 年 2 月

沁园春·渠江之春

虎啸龙吟，瑞气盈庭，喜迎新春。望华蓥上下，晴烟抹翠；渠江两岸，万象更新。凤鸟临门，金鸡唱晓，凤舞龙飞乐万民。濛山顶，彩旗凌空舞，翠色园林。　　巴渠叱咤风云。向强县、兴邦急飞奔。数西桥玉宇，庭园璀璨；滨河古镇，五彩缤纷。风洞长虹，金堤玉岸，巧夺天工梦已真。人民夸，好事千万件，再建殊勋。

2013 年 2 月

大圣乐·欢度新年

爆竹凌空，涌动人潮，乐海忭欣。望三江四海，光辉灿烂；九山八极，景色奇新。虎啸龙吟，凰飞凤舞，欢度丰年暖庶民。凭栏处，享风和日丽，瑞气盈门。　　天空密布祥云，引僻壤穷乡步富屯。喜新村美化，蒸蒸日上，河山装点，处处惊人。创建和谐，声振寰宇，今古期望已变真。惠民事，须雕金琢玉，血汗耕耘。

2014 年 2 月

丰　碑
——纪念渠县民盟成立 60 周年

六十春秋党领航，同舟共济谱华章。

剑光虎穴降魑魅，雾豹龙潭战恶狼。

三汇翻腾冲浊世，八濛起舞换新装。

丹心报国献良策，并驾齐驱奔小康。

2006 年 8 月

渠县龙潭起义 60 周年纪念

一

当年戎马战龙潭，滚滚烽烟夜不眠。

弹雨枪林何所惧，忠心赤胆志犹坚。

春秋几度沧桑变，岁月频传气凛然。

家庆①挥戈惊敌阵，红旗高举效先贤。

注：①家庆，指李家庆，龙潭起义军司令员，中共川东第六工委书记。

二

英雄儿女聚深山，铁马挥戈斗恶奸。

鼙鼓声威雷电闪，刀光剑影敌胆寒。

豺狼猛扑围追急，壮士多谋出险关。

扭转乾坤指日待，迎来大地换新颜。

2008 年 8 月

喜迎新春

艳阳高照系民生，凤鸟临门播福音。
宏大目标创伟业，城乡处处凯歌声。

盛　举

——记 2006 年四川省"十运"会渠县赛场盛况

巴山渠水笑颜开，体育英才摆擂台。
歌颂"七一"跟党走，欣逢"十运"举旗来。
掌声雷动齐喝彩，虎逐狮奔不怕栽。
气贯昆仑何訾累？兼容友谊夺金杯。

2006 年 6 月

宕渠行吟

宕渠屹立展英姿，水涌波欢泛丽漪。
行觅诗词扬国粹，吟追屈子仰光辉。

喜闻黄花丰收

金针灿烂美名扬，营养丰盈播异乡。
琼宴盘中成丽品，芬芳吐露远飘香。

2007 年 8 月

重阳老人节
——2006 年老人节座谈会有感

重阳岁岁寄心思，吟诵声声赋古稀。
茅屋秋风枫叶乱，田园墨韵少陵诗。
茱萸遍插欢佳节，丹桂飘香笑影时。
老骥伏槽嘶万里，夕阳虽短彩霞飞。

欢度 2012 年重阳节
——叙王善平先生家访

霞光万道缭寒舍，喜鹊枝头声叫沙。
紫气盈门臻百福，阖家欢乐庆繁华。

2012 年 9 月

欢度 2016 重阳
——答谢王飞虎先生率队登门家访

花枝招展①语惊人，邑宰心牵茱萸情。
风雨兼程临陋室，恩波浩荡及烝民。

2016 年 9 月

注：①花枝招展，是王飞虎在吾家阳台上见到鲜花盛开盆景的赞语。

欢度重阳节

菊花九月露凝香，游兴频添九曲肠。
古树西风飘落叶，新桥细水映斜阳。
天增岁月人增寿，春满乾坤福满堂。
今日登高观胜境，好将丽句入诗囊。

2007 年 9 月

念奴娇·春游

渠江如镜，映晴日，紫燕腾空舞，鸳鸯嬉戏。万紫千红，随处是，无数群蜂传蜜。鸟语花香，桃红柳绿，处处楼台立。春光如画，惹吟多少骚客？　　今古千万诗篇，李苏元杜，玉咳珠玑绝。七十愚翁，弹指间、阅尽江山春色；浅学诗文，自寻其乐，不看高宴座。勤游郊外，与君同赏阡陌。

2006 年 4 月

流江飘艺彩

——贺流江书画院成立纪念

一

东山日出彩霞飞，渠水碧波泛旖旎。
书画院中歌雅韵，学堂内外赋新诗。
悲鸿奔马驰原野，白石游鱼翔浅池。
鹊立高枝鸣盛世，欢声四起乐心脾。

二

创新书艺壮神州，赢得骚人共唱酬。

万里蜂飞诗画院，八方云集流江头。

书山喧闹花招蝶，学海翻腾浪遏舟。

发展继承扬国粹，学来谁不尽风流。

2008 年 3 月

宕渠文明成果展观后

一

收藏珍品展，谁不动心弦。

满目琳琅宝，还珠①灿烂园。

八濛呈异彩，四野景犹妍。

铸造和谐世，千秋伟业传。

注：①还珠，引自钱起《送李四擢第归觐省》诗，"独览还珠美，宁唯问绢情"，寓文明成果展是领导者的显著政绩。

二

天下收藏博众观，文明标本扣心弦。

粮棉证券悬墙上，杂志报刊呈案前。

姓氏精深知祖远，诗词奥妙誉渊源。

金光闪烁成图像，领袖风光壮大千。

2007 年 6 月

渠县抗洪抢险告捷（二首）

一

暴雨倾盆昼夜狂，渠江两岸意惶惶。

千畴黍稻被冲洗，万幢楼房遭祸殃。

众志成城防水患，群情振奋洗泥浆。

中枢处处施甘露，重建家园志气昂。

二

连天暴雨覆倾盆，如虎洪凶袭万村。

电闪雷鸣遮日月，风狂雨骤震乾坤。

身先士卒搏洪浪，志献人民斗水神。

气壮山河夷患难，救灾抢险秉忠贞。

2007 年 7 月

乌夜啼·斥腐败（二首）

——参加 2004 年全县党风廉政建设和反腐败斗争情况通报会有感

一

群贤聚会高楼，会诊瘤，反腐败倡廉洁，议鸿猷。　抓制度，迈豪步，治源头。只有毒根挖掉，党风优。

二

凭栏远眺江舟，向东流，看一片汪洋水，不停留。　涤污垢，泻沧海，不回头。誓将蜉蝣冲走，水清幽。

2004 年 12 月

《赉人剧》观感

——赠达州市电视台采访记者

喜逢"双节"不辞劳，急赴通川艺苑瞧。

赉国凰飞歌跨越，渠江浪拍逐新潮。

龙潭峡谷说奇景，翠竹苍松颂节操。

巴蜀风光何处好，阙乡今日醉人遨。

宕渠览胜感怀

妙笔生花描锦绣，纵横览胜笑开颜。

同心共筑繁荣梦，奋勇争先永向前。

迎新年

渠水悠悠送旧年，银花火树满街燃。

燕驱雀跃闻鸡舞，老少狂欢尧舜天。

2017 年 1 月

贺渠县政协十四届二次全委会

群贤毕至沐朝阳，携手并肩织彩装。

瞄准目标鞭快马，潜心追梦铸辉煌。

2018 年 2 月

即 兴
——达州市反腐倡廉巡回展观后

高悬利剑打贪奸，硕果成堆看画卷。

稳坐江山严治党，清剿余孽舞长鞭。

2018 年 2 月

滨江公园一瞥

渠北滨江满目光，蜂飞蝶舞采花忙。

奇山异景游人醉，霞彩千重意味长。

2018 年 3 月

送银猴迎金鸡

金鸡喔喔歌盛世，祥云纷纷漫市村。

鹊笑银猴传喜讯，龙吟鸡岁震乾坤。

千家万户曈曈日，万水千山处处焜。

得意春风催奋进，雄风大振疾飞奔。

悠然渠县

高台楼阁耸云端，绿水青山更壮观。

明月清风扬紫气，悠然渠县涨新澜。

登危涉险豪情壮，绮丽风光满目欢。

好景无穷思改革，掀波逐浪解民寒。

2018 年 5 月

迎春团拜会有感（三首）

一

龙烛街花迎狗年，濛山宕水笑开颜。
三村建设惊天地，快马加鞭到平川。
春色满园传捷报，辉煌业绩创空前。
倡廉反腐三章律，百姓心窝比蜜甜。

2005 年

二

迎春盛会出朝阳，羊岁猴年一脉香。
今朝又展宏图志，且看明日更辉煌。

2016 年

三

凰飞凤舞迎新年，虎跃龙腾喜团圆。
砥砺前行贫帽摘，赛风宕韵又翻篇。

2018 年

第四章　情系河山

春满神州（二首）

一

五岳三山景屹然，路人相庆捷讯传。

神舟载客冲霄汉，玉兔盈庭摆喜筵。

月映长江翻巨浪，星辉闸坝过楼船。

春来故国花如锦，曲曲升平震九天。

二

河山万里展新颜，烟火凌空不夜天。

北调南波龙吐水，东输西气马扬鞭。

青藏铁轨铺天路，唐古冰峰献醴泉。

浩荡东风催奋进，小康唱彻月儿圆。

井冈山览胜（二首）

——纪念中国工农红军长征胜利七十九周年

一

千里寻芳峻岭间，丛林叠翠绿茵园。

黄洋界上炮依旧，大井村中景更妍。

昔日红军攻铁壁，青春热血洒江天。

碑林塑像英名在，剑气龙光百代传。

二

金风送爽艳阳天，万木参天气凛然。

星火燎原驱黑暗，暴风时雨换新天。

前朝国首开基业，今日炎黄绘彩篇。

穷白抛离千丈外，神州美景慰心田。

2006 年 9 月

厦门奇观

厦门景色壮中华，美不胜收众口夸。
海浪滔滔帆影落，渔歌阵阵日光斜。
园林棋布如星斗，棕榈参天映绿涯。
邓总当年亲植树，而今挺拔一枝花。

抗震救灾

——电视台"5·12"地震特别报道观后

地震灾殃祸汶川，千家万户断炊烟。
老幼濒临冰窖里，生灵站在风刀前。
国勋巡视救灾地，抗震军民志更坚。
八面驰援襄义举，同舟共济可回天。

2008 年 5 月

国殇日^①感怀

——深切哀悼"5·12"地震^②遇难同胞

无情地震百花残，数万同胞泣九泉。

举国含哀惊五岳，悼亡恤痛动三山。

长歌盛世星云幻，援手灾区大爱捐。

泪洒松筠增伟力，齐心协力建家园。

2008 年 5 月 19 日

注：①国殇日，国务院 5 月 18 日发布公告，决定 2008 年 5 月 19 日至 21 日为全国哀悼日，对四川汶川大地震遇难同胞表达深切哀悼。

②"5·12"地震，指 2008 年 5 月 12 日 14 时 28 分，在四川西部突如其来的 8.0 级地震，造成四川省 40 余个市、县、区受灾惨重。

香港回归十周年

明珠归祖惊天地，华夏炎黄喜若狂。

两制并行豪气壮，三军护卫国威扬。

全球贸易齐飞跃，四海金融庆远航。

香港腾飞垂史册，荆花熠熠更辉煌。

2007 年 9 月

赞《盛世莲花》

——中央赠澳门回归《盛世莲花》珍品观后

鲸吞蚕食澳门岛，黎庶遭殃陷苦渊。

七子之歌情切切，百年凌辱泪潸潸。

齐心奋起争驰骋，企盼回归早团圆。

盛世欢腾收宝地，莲花喜绽谱新篇。

2007 年 9 月

连宋大陆行

中华儿女拜黄陵，四海同胞一树藤。

"国共"亲民齐坦荡，楚瑜连战倡和平。

三通景气谋兴国，两岸浑然得共赢。

台独痴心走绝路，并肩兄弟向前行。

2005 年 4 月

追梦之路

寄语印度洋海啸灾民

海啸惊天地，魔浪震九霄。

平畴湮万顷，旷野毁一朝。

人物遭横祸，心情似火烧。

华夏襄救急，天下独旗飘。

注：中国对印度洋海啸灾民的救助受到了世界各国及联合国的赞赏。

喜迎亚太市长重庆峰会

亚太嘉宾会古城，巴渝紫气罩华蓥。

凌空烟火虹霓闪，穿梭游艇阗友情。

市长登台观夜景，长江起舞放歌声。

共谋发展求和睦，四海同心保太平。

2005 年 10 月 12 日

赞北京奥运

祥云漫四海，圣火照寰球。

奥运千秋颂，和平响五洲。

2008 年 5 月

沁园春·赞抗震救灾

　　西蜀三川，地裂山崩，埋没市村。看撼天巨浪，泥石滚滚；嘶风烈雨，血泪纷纷。草木悲吟，山河饮泣，一片哀声惊鬼神。八方助，赞激情涌动，温暖灾民。　　英雄儿女情真。攻艰险三军力万钧。慨气冲霄汉，翻山越岭；汗淋面颊，凿洞寻亲。舍死忘生，顽强奋战，斩棘披荆救难民。雄风振，更挥鞭快马，重建佳宸。

2008 年 5 月

追梦之路

沁园春·迎祥云火炬

　　圣火擎传，梦想飞奔，万里喜迎。看全球接力，神州披彩；体坛备战，奥运燃情。石破惊天，祥云火炬，笑傲珠峰踏雪冰。行经处，更万人簇拥，遍野歌声。　　五洲四海嘤鸣。盼奥运环旗飘北京。斥"雪狮"达赖，狂狺"藏独"；巧言媒体，背叛真诚。当代炎黄，伸张正义，挥舞红旗斩绊绳。心同唱，旨切磋进取，友谊和平。

2008 年 4 月

水调歌头·中秋怀念台胞

　　时届月圆夜，两岸盼团圆。谁知台独奸险，妄想霸台湾。两岸烝民愤慨，一国焉能分割，诡计化成烟。大陆寄诚意，和睦震瀛寰。

　　除旧制，兴改革，喜开颜。不该有虑，当对时代辩渊源。纵有雄才伟略，也要宽宏大量，不负是名贤。但愿回归日，华夏共尧天。

2013 年 8 月

游乐山大佛

龙飞凤舞凌云岭，逶迤巍峨耸九天。
叠翠峰峦飞异彩，岷江水里闪粼涟。
观音垂泪苍生苦，大佛悬心急浪漩。
笑看慈颜静忖度，尧天舜日在当前。

2014 年 7 月

咏神龟池
——游都江堰离堆公园

清溪叠堰神龟府，碧水涟漪万古池。
日丽蓝天龟戏水，祥光瑞气世称奇。
鱼龙玄武游仙洞，骚客游人咏古诗。
老子当年临此地，生花梦笔写雄词。

2014 年 10 月

咏紫薇瓶

——游都江堰离堆公园

五彩缤纷景十桩，群芳绚丽紫薇瓶。

唐朝种植生长梗，明代神工蟠彩藤。

火炬凌空若丹凤，流光溢彩满园庭。

屹然挺拔经风雨，永照人间一福星。

2014 年 7 月

峨眉山览胜

登高远眺临金顶，山舞云飞眼尽收。

雾海茫茫观日出，霓光灿灿耀轻舟。

龙盘虎踞擎明月，燕舞莺歌乱野猴。

叠嶂雄幽天下险，江山美丽泽千秋。

2014 年 7 月

大理行

群峰叠嶂接云天，雪月风花缠满山。
峻岭山河披锦绣，汪洋绿海抹云烟。
石林玉骨冲霄汉，绝壁冰肌誉世间。
更喜金花茶奉上，浓情佳话沁心肝。

2015 年 7 月

赞张家界（五首）

一

结伴同游兴致浓，张家界上觅仙踪。
寿星迎客情无比，饱览名山姐妹峰。

二

张家界似美婵娟，万种风情幽若兰。
水秀山清留客醉，神工鬼斧自虚玄。

三

畅游饱览张家界，景色宜人谁剪裁。

采药老人留足迹，寻芳墨客畅胸怀。

张良避难实堪叹，吕后追踪亦太乖。

风雨沧桑经浩劫，无边胜境似蓬莱。

四

寿星迎客笑开颜，手拄龙头心地宽。

姐妹峰前观彩练，黄龙洞内荡游船。

悬崖陡峭呈奇险，怪石嶙峋博壮观。

群鸟归来千树暗，清风明月梦魂牵。

五

人生不到张家界，百岁岂能称老翁。

鬼斧神工凿万壑，雄姿秀丽数千峰。

绵延云海壮奇景，挺拔苍松展笑容。

乐水乐山仁者智，德高望重树清风。

2016 年 5 月

谒阆中桓侯祠

桃园结义三兄弟，高举旌旗复汉疆。
手舞蛇矛攻孟德，身披坚甲护刘皇。
历经百战威风振，跋涉千山意志刚。
立马八濛碑尚在，英雄万古永流芳。

2007 年 5 月

陕西行（二首）

一

胜日寻芳赴陕西，人情风物最相宜。
山欢水笑四时美，柳暗花明八节奇。
古洞仙踪寻雅趣，秦兵马俑显威仪。
帝王陵墓迹犹在，众说纷纭论是非。

二

五岳千山蔚壮观，山山水水总相连。
延安圣地一挥手，战地歌声奏凯旋。

2007 年 7 月

杭州行（二首）

岳王坟

拜谒杭州武穆陵，林园花卉自森森。
一湖碧水英雄泪，万叠青山烈士心。
恶贯满盈秦氏罪，丰功显赫岳家军。
山河破碎谁收拾，历史千秋骂赵君。

济公画像观感

美誉声声颂济公，遍游四海傲苍穹。
志存心地怜穷汉，义薄云天鄙富翁。
酒肉穿肠堪涤胃，云烟过眼叹随风。
袈裟破扇拂尘垢，心有灵犀一点通。

2006 年 5 月

浙江普陀山奇景（十首）

莲洋午渡

莲洋午渡水云中，骇浪惊涛涌碧空。
心旷神怡无所惧，香船稳驾气如虹。

海湾春晓

万树梅花开满湾，宜人春色驻人间。
暗香浮动群芳灿，墨客挥毫韵笔端。

莲池夜月

莲池夜月美观收，水色山光誉九州。
翠盖亭亭呈别致，风清月朗意悠悠。

古洞潮音

悬崖绝壁起雷霆，瞬息神兵战鼓临。
鲸吼一声空谷响，鱼翔千里跳龙门。

追梦之路

朝阳涌日

一轮红门漾深渊，破晓谁知此洞先。
都道江南时序早，朝阳花木发春前。

千步金沙

千步金沙游客醉，祥光万道映云崖。
银霞闪亮成珠串，逐浪推波绽白花。

　渠江晨曦

茶山风雾

珊瑚树树傍莲台，薄雾烟云锁不开。

斗艳争奇姿色丽，金童玉女献茶来。

光熙雪霁

飞花六出史书提，雪涌蓝天造化奇。

残甲败鳞消欲尽，山川无处不琉璃。

蓬莱仙岛

蓬莱佛国普陀山，百丈观音向海澜。

东海明珠风物美，舟山仙岛佛心传。

参差庙宇呈雕塑，浪漫鱼龙走画檐。

东渡寻芳情不尽，心花怒放唱诗篇。

2006 年 5 月

满庭芳·仙岛①抒怀

鳌背仙山，海天佛国，胜境名震寰中。石奇雕美，墙叹九龙宫。罗汉观音列座，藏经阁、暮鼓晨钟。天王殿，香烟缭绕，气势更恢宏。

雍容而大度，和谐处世，其乐无穷。叹几经波折，喜沐春风。一片丹心为国，未虚度，坦荡心胸，千茎雪，夕阳霞灿，浩气贯长虹。

注：①仙岛，指浙江省宁波市普陀山。

游重庆凉风垭

一年四季有和风，古木参天春意浓。

云岭长堆千树绿，层林尽染万花红。

桑田沧海归原主，盛世黎民舞彩龙。

昔日英军租借地，今朝村社乐时雍。

2006 年 2 月

游新疆喀纳斯湖

喀纳斯湖观胜境，一泓水底见红鳞。

冰川雪岭如宫阙，马队羊群似彩云。

一片人间干净土，几重晋洞恋嘉宾。

山河绚丽情难尽，甚是留恋放牧人。

2005 年 9 月

阆中之行（二首）

登阆中光华楼

万仞楼台真伟哉，游人览胜八方来。
阁中画壁抒情臆，槛外嘉陵遂雅怀。
俯瞰新城呈别致，远观古郡富精裁。
星罗棋布物华茂，万家灯火广进财。

谒张飞庙

古今齐颂阆中王，赤胆忠心保蜀疆。
激战樊城心不馁，进攻长坂气犹昂。
督邮严纪情无限，治县正风兴未央。
策马八濛驱贼首，英名百世效刘郎。

赞花（二首）

一

芙蓉冷艳锁寒江，菊挺芳姿喷异香。
月里嫦娥拈丹桂，红梅傲雪溢芬芳。

二

牡丹花好正浓华，国色天香谁不夸。

芍药芳姿诚少比，石榴丽质本无瑕。

杏娇疏雨一庭秀，菊傲严霜三径霞。

玫瑰杜鹃如灿锦，芬芳桃李傲山茶。

2007 年 5 月

虞美人·旅途

达成长列欢声唱，巨龙飞千浪。沿途一派好风光，千里万畴尽是绿汪洋。　　层峦叠嶂成沧海，大地张灯彩。韦君力求动遐思，今日九州可赋万卷诗。

2014 年 7 月

菩萨蛮·张松银杏王

参天古树迎风舞，虬枝蔓展张松树。传说越千年，神奇银鹤仙。乳垂如鹤足，粗干金铜铸。临境远观之，欲飞无法飞。

2004 年 10 月

注：位于都江堰市离堆公园的一株巨大银杏树，已有 1700 年历史，传为三国名士、西蜀别驾张松手植。

南乡子·游都江堰龙池湖

峰耸入云端，碧海山巅刺破天。绝壁飞泉垂素练，奇观，薄雾如纱绕半缠。　　三伏不胜寒，舟泛龙池浪绿喧。遗憾观光何太晚，流连，景色迷人失路还。

2004 年 7 月

沁园春·登都江堰玉垒山

玉垒山峰，极目遥观，锦绣满天。望青城内外，花明柳岸；都江上下，碧绿深渊。凤舞龙吟，峰鸣谷应，逶迤金堤绕翠峦。临绝顶，见金瓶玉液，奔向西川。　　沃肥天府桑田。饮甘露安能不溯源。惜李冰父子，移山造海；风流人物，作堰淘滩。历代传承，神工巧慧，开拓创新谱彩篇。苍茫处，看今朝古堰，又换新颜。

虞美人·重登峨眉山

　　飞车直上峨眉顶，恰似追云艇。吊船观景半天空，雄幽秀险尽在眼帘中。　　日华似练浮银海，人影披霓彩。骚人墨客喜挥毫，谱写万方春色乐陶陶。

2005 年 10 月

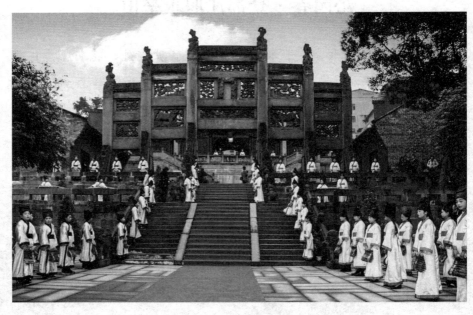

礼乐传世

南乡子·游湖北荆门漳河水库公园

（步李珣《南乡子》韵）

漳水河，

彩船游。

笛声惊动水中鸥。

伙伴欢呼朝天笑。

桔林岛，

披绿挂红迎客到。

2003 年暮秋

一江春水·望都江堰

都江古堰春常在，现又添光彩。导江门外望长天，曲水金堤万道涌甘泉。　　民丰物阜千家福，不愧称"天府"。波澜起伏水奔流，浇灌川西原野米粮州。

2004 年 9 月

玉壶冰·游青城山

　　青城山顶纵横望，银雾飞千嶂。群峰竞秀好风光，绿海丛林艳阳吐芬芳。　　通天捧日云中鹤。穿谷流溪壑。身临其境扣心弦，恰似春风得意看长安。

2004 年 9 月

游剑门关

迎着骄阳赴剑门，汗流浃背历艰辛。

凌空峭壁云烟接，悬宕银珠绿草迎。

昔日征程难蜀道，如今大路畅车轮。

四通八达人欢笑，华夏腾飞处处春。

1999 年 7 月

江南之行（三十七首）

夜游黄浦江

黄浦游轮观夜景，霓虹闪烁灿辉煌。

琼楼栉比凌霄汉，如画如诗迓八方。

2007 年 5 月

无锡三国城怀古

滚滚长江东逝水，浪花淘尽是英雄。
周瑜妙计安天下，火烧曹营赖东风。

登庐山

花　径

花径飘香祈祝福，庐山美景送平安。
林阴木茂藏幽趣，绝壁悬崖别有天。

碑　亭

一亭烟雨九江棹，四壁云山万壑松。
中外游人寻胜景，奋勇争先上险峰。

锦绣谷

难识庐山真面目，千峰竞秀镜头稠。
危崖万壑清泉喷，峡谷风光满眼幽。

赞晴川阁

巍峨屹立晴川阁，荆楚雄风黄鹤楼。
大禹丰功传百世，长江滚滚向东流。

追梦之路

过三峡

（一）

万里长江汇百川，兴修水利镇狂澜。

威名远播新三峡，西电东输日夜欢。

（二）

云雨巫山十二峰，飘然神女下天宫。

平湖高峡风光好，倒影梳妆舞彩虹。

（三）

西控巴渝收万壑，东连荆楚压群山。

乘轮飞流瞿塘峡，澎湃激流非险滩。

（四）

兵书宝剑越千秋，马肺牛肝迷五洲。

昔日滩多礁石险，而今浪静客悠悠。

华东行

闻名遐迩有庐山，无限风光蔚壮观。

饱览苏州仙境里，攀登金茂碧云间。

秦淮泛棹波为墨，荆楚登楼壁作笺。

走马观花聊自慰，拙诗不断涌毫端。

长江泛舟

滚滚长江荡彩舟，秋高气爽乐悠游。
千峰秀色神工画，万朵红霞鬼斧筹。
暗险明礁埋水底，高墙拱坝固金瓯。
朝云暮雨情优雅，竞渡轮船已远流。

游西湖

（一）

金秋飒爽览名都，荡漾清波乱野凫。
几缕风轻梳翠柳，数声鸟呖唤新雏。
诗吟曲院观鱼乐，酒醉游轮倦眼苏。
喜看山河龙凤舞，沧桑老树恋西湖。

（二）

苏堤翠柳舞婆娑，花港观鱼雅趣多。
曲院风荷盈碧水，断桥残雪化银河。
雷峰夕照千秋颂，龙井问茶百代歌。
画里西湖如锦绣，古今吟赋满千箩。

游苏州锡惠公园

惠山环抱一园幽，叠翠丛林眼底收。

水月松风八音洞，行窝凤谷九龙头。

瑶台倒影千株绿，玉镜平开万顷秋。

昔日乾隆休憩地，夕阳西下把君留。

荆州怀古

昔年刘备借荆州，天下三分何用愁？

如若云长严阵守，哪来游客侃千秋？

游览《红楼梦》电视剧摄影场——大观园

一部红楼中外传，首都重建大观园。

贾家碎玉春闺恨，薛氏无钗门第寒。

花柳年华嗟薄命，温柔宝玉叹红颜。

曹公妙运痴情笔，十二金钗尽淑娴。

《红楼梦》金陵十二钗

元　春

金门玉户神仙府，桂殿兰宫妃子家。

有凤来仪昭祖德，省亲反哺泣寒鸦。

林黛玉

阆苑仙姝林黛玉，多愁善感病缠身。

眼中无尽相思泪，未遂情缘哭断魂。

迎　春

中山狼毒无情兽，极欲骄奢耻下流。

作践千金如蒲柳，芳魂一去荡悠悠。

探　春

一帆风雨路三千，骨肉分离痛不堪。

明月良宵思故土，情怀缕缕薄云天。

惜　春

秋月春花景不长，缁衣顿改昔年妆。

晨钟暮鼓亲敲响，长卧青灯古佛旁。

王熙凤

粉面含春威不嗔，朱唇未启笑先闻。

机关算尽聪明误，外表贤良怀毒心。

薛宝钗

绝代花容柳絮才，温柔妩媚冠群钗。

良缘大礼虽如愿，可惜金簪雪里埋。

李　纨

衾寒枕冷泪千重，宝贵荣华不善终。
十二金钗虽在册，何期一败恨无穷。

湘　云

襁褓时期父母违，湘江水逝楚云飞。
英豪阔气宽宏量，命短郎君不胜悲。

秦可卿

绣帐锦衾堪入睡，可卿丽质美如兰。
谁知唤乳诚何意，宝叔焉能伴午眠。

妙　玉

花容月貌四时妍，春恨秋悲实可怜。
悟道参禅熬闪夜，无瑕白璧受摧残。

巧　姐

时逢势败休云贵，家业凋零谁认亲。
贾母怜贫刘姥姥，相知互报旧恩人。

赞黄山

（一）

闻名天下是黄山，梦笔生花仰谪仙。

云海景妍堪赞赏，飞来怪石薿云天。

（二）

冰肌玉骨成沧海，翠绿松林出俊才。

缭绕云烟浮蜃影，千姿百态上诗台。

苏州寒山寺

（一）

钟声依旧寒山寺，游客齐吟"夜泊"诗。

古刹枫桥添画意，乌啼月落报千禧。

（二）

千年古刹寒山寺，夜半钟声到客船。

五百阿罗施普度，大雄宝殿佛光妍。

亚洲第一瀑布

水色山光醉老心，青龙瀑布挂千寻。
观音送子围男女，画壁天宫我觅琴。

登岳阳楼

（一）

名楼千古独擎天，翘角金亭梦幻缠。
览胜明湖开玉镜，雕屏彩画壮山川。
范公佳作人钦仰，张照毫端气凛然。
后乐先忧铭刻鉴，传承久远启今贤。

（二）

古越楼台看画舟，洞庭湖水荡悠悠。

岳阳历史千秋载，后乐先忧涕泗流。

2007 年 10 月

赤壁古战场怀古

公瑾当年鏖赤壁，曹操兵败叹何辜。

东风剪破南征梦，烈火蒙成鼎立图。

2007 年 9 月

调笑令·游重庆长寿湖

长寿，

长寿，

湖皱弦鸣竹瘦。

青山绿水连天，

太极橘香满园。

园满，

园满，

人似潮风雷伴。

2015 年 9 月

第五章　异苔同岑

叙四川省作家莅渠采风

燕欢鹊舞迓鸿儒，丹桂沿街夹道呼。

汉阙故乡山野改，琼楼画阁彩屏铺。

群贤励志强经贸，郢匠挥毫壮邑都。

尤喜仙凫情谊厚，开花彩管出玑珠。

2012 年 11 月 7 日

金山彩霞

——寄情开江诗词学会

金山峻岭闪霞光，锦绣开江恋草堂。

聚集群英询韵律，弘扬传统谱华章。

豪情咏唱辉煌业，描绘山河翠绿装。

携手同追中国梦，云笺咏唱满城乡。

四川省吟诵学会成立大会写照

吟诵逢春古韵扬，诗歌阆苑又添香。

雅音缭绕文风秀，李杜诗词光焰长。

2016 年 5 月

赞中国格律体新诗网建站十周年

探索创新传雅韵，一枝寒梅领风骚。

天涯海角同声应，绽放奇葩万里娇。

2016 年 10 月

"渠县""米易"诗歌联谊会写照

阳春三月百花香，米韵渠吟共闪光。

胸臆直抒佳句涌，异苔同岑诵华章。

2016 年 10 月

渠县老年书画研究会书画展观感

龙飞凤舞夕阳红，铁画银钩百炼功。

翰墨创研天地广，群观卷轴乐无穷。

三汇镇三江诗社成立志庆

三江两岸闪奇光，万曲千歌追宋唐。

诗意盈城山水笑，群芳竞艳任诗狂。

赞《濛山文艺》出刊百期

诗文百刊满牛腰，白雪阳春颂舜尧。
佳作连篇人脍炙，尤期明日更丰饶。

贺宕渠书画院成立一周年

异军突起壮渠州，凤舞龙飞气凛然。
艺苑丛中飘异彩，宕渠书院献佳篇。
人潮涌动难穷目，众口齐夸笔彩联。
共筑繁荣文化梦，同心奋进勇争先。

贺达州市戛云亭诗社成立庆典

秋菊盛开香遍地，文朋雅聚舞吟鞭。
巴山渠水同根谊，艺苑英才共乐天。
赶走贫穷挥大笔，追随幸福写涛笺。
戛云诗社丹心壮，墨海推波咏彩篇。

2012 年 9 月

贺渠县六所中小学诗歌分社挂牌

分社诞生气象新，骚坛荟萃智如神。
高山流水琴声晚，联句吟诗满校臻。
盛世情操扬特色，田园芳草长奇珍。
簧门增彩风光好，梅雪并肩出凤鳞。

2015 年 4 月

贺戛云亭诗社成立五周年

戛云诗社舞吟鞭，诗垒牛腰有五年。
波浪翻腾歌雅韵，金丹换骨献新篇。

沁园春·赞戛云亭诗社

咸集群贤，绽放奇葩，闪耀达州。看凤凰振翅，戛云露彩；州河滚浪，涛韵横流。古学元稹，今师杨牧，历代讴吟春色稠。兴诗国，继风骚一脉，彪炳千秋。　今朝寄趣歌喉，望明月、星光天际浮。凭东风浩荡，弘扬国粹；诗词灿烂，声震寰球。满座文朋，高歌盛世，艺苑云亭竞唱酬。巴渠喜，赞春来斯社，咏满江舟。

2012 年 9 月

赞开江文友莅渠交流书艺

文朋荟萃喜今吾，闪亮渠州笔砚濡。
隶草行楷天下事，诗词歌赋满楼铺。
贤人赏识强文化，墨客相逢壮画图。
略备清茶呈敬仰，情真意切赞殊途。

2016 年 10 月

礼赞渠县老年人协会

一

老协诞生笑满堂，陈年咂酒更醇香。
青松傲雪萦山岭，古木逢春抖彩装。
莫道桑榆临晚景，要同华夏共辉光。
心如老骥奔千里，欢享和谐福寿康。

二

老年协会聚名贤，夕照桑榆分外妍。

管竹琴棋鸣艺苑，诗歌书画壮文坛。

激扬文字鹏程万，指点江山鹤算千。

消遣品茗常聚会，闲情逸趣可回天。

2010 年 3 月

三汇书画分院成立志庆

渠汇百川扬国粹，笔挥毫砚写千秋。

三江翰墨传千里，六岭增辉耀九州。

2017 年 9 月

贺巾帼集藏报创刊

巾帼收藏富报刊，广开文运系心田。

无私奉献显风采，诚意发行勤笑端。

太俐才高巡阵笔，杨青博学写新篇。

娘贤女慧闺中秀，时代楷模美誉传。

2007 年 6 月

李同宗《乡愁》诗集读后

纵观佳作故乡明，扬我宾都万古情。

落地生根花烂漫，诗情画意系苍生。

风骚一脉凌云气，汗马三生共守诚。

驰骋文坛莺自啭，凝眸典雅冠寰瀛。

第六章　人物星空

赞杨牧魂（二首）

——读李学明先生大作《杨牧现象》有感

一

栖身边塞布衣贫，百炼成钢笔有神。

我是青年传诵后，方知杨牧胜前人。

二

少时欣赏艾青诗，灾祸临头志不移。

边塞胡杨书做伴，荒沙苦海墨充饥。

天狼星下抒胸臆，宕水梦牵咏竹枝。

风雨云霞知马力，回眸一笑见丰碑。

聆听周啸天论诗有感

一堂诗语润心田，胜似春风沁脑间。

若想寻求高境界，不妨悬榻待啸天。

致李学明先生大作《一路走来——我的画传》

一路春风气凛然，光辉足迹映蓝天。

终成巨著传奇画，劳苦功高启后贤。

2016 年 11 月

寇准颂

渭南北岭毓青松，盛誉神州寇准公。

报国精忠曾罢"相"，胸怀坦荡建奇功。

山呼御驾辽兵溃，盟结澶渊宋室隆。

玉洁冰清垂竹帛，千秋万代仰高风。

2016 年 8 月

劲松吟（二首）

——苟小莉女士《征程》诗读后

一

青松挺拔力无穷，踏破难关气势雄。

决胜脱贫酬壮志，站高谋远任从容。

二

秀丽山巅一劲松，冬迎冰雪夏临风。

笑看玄鸟凌空舞，俯视沧桑翠绿丛。

2017 年 1 月

铁窗夫妇　浩气长存

——纪念唐虚谷、张静芳烈士牺牲 60 周年

佳偶天成胆气豪，龙潭虎穴舞长矛。

长途跋涉寻真理，勇武驱邪撼海涛。

血雨腥风何所惧，刑场镣铐岂能饶。

无私无畏垂青史，伟绩丰功日月高。

注：唐虚谷、张静芳，渠县人，早年加入中国共产党。唐虚谷历任渠县、大竹等县委书记、下川东地委委员。1948 年在万县龙须镇被捕，于 1949 年解放重庆前夕，牺牲在重庆歌乐山松林坡渣滓洞监狱。

沁园春·铁窗斗顽敌

——谒歌乐山烈士陵园

迷雾浓云，地暗天昏，鬼哭犬嚎。望华蓥上下，硝烟弥漫；渝都内外，清剿①尘嚣。虎豹横行，豺狼霸道，剑影刀光满铁牢。临残暴，看刚强铁汉，分外酣鏖。　　英雄如此奇骁。把魔窟②、刑场作战壕。仗铁窗诗社，串联狱友；牢笼书会，巧斗奸饕。绝食拼争，新年起舞，针绣红旗心里飘。迎红日，愿魂飞火海，笑看天昭。

2014 年 11 月

注：①清剿，指国民党反动派的清乡剿共。②魔窟，指渣滓洞、白公馆监狱。

追梦之路

沁园春·颂红岩英烈

——看《红岩魂》画册

电闪雷鸣，暴雨狂风，日暗月昏。忆松林坡上，腥风笼罩；高墙壁内，烟雾迷宸。鬼窟洋刑，豺狼噬咬，惨绝人寰不忍闻。求真理，我仁人志士，铁骨芳魂。　　英雄如此真纯。令顽敌、神丧泪纷纷。愿坐穿牢底，忠贞不屈；面临毒爪，昂首前奔。火海求生，枪林就义，救我中华亿兆民。升平世，赞红岩英烈，浩气长存。

2014 年 11 月

谒熊运锐①烈士墓（二首）

一

清明时节祭熊君，激荡胸中烈士魂。

壮志凌云兴伟业，扬帆挺进扭乾坤。

潜蹲虎穴除妖孽，义起龙潭救庶民。

热血奔腾千滴泪，江山换得万年春。

108

二

三月清明扫墓时，缅怀烈士泪沾衣。

屡经艰险情犹在，历尽折磨志不移。

力挽狂澜征腐恶，捐躯报国展雄姿。

独留青冢千人仰，沥胆披肝万世师。

2008 年 4 月

注：熊运锐，渠县清溪场镇人，生于 1921 年，1946 年参加中共地下组织，1948—1949 年任渠县清溪特支书记。在 1949 年 6 月的反"清乡"斗争中壮烈牺牲。

悼肖平安①烈士

冲锋陷阵勇争先，杀敌顽强锐气添。

坦荡情怀心有党，光明磊落志更坚。

疆场剑影寒光闪，虎穴雄姿健步掀。

尔与青山同不朽，汗青永照美名传。

2016 年 8 月

注：①肖平安，渠县平安人，中共地下党员，1948 年 8 月在龙潭起义受挫后，被捕，壮烈牺牲于渠江河岸。

追梦之路

忆父母

——纪念严父寇其相、慈母何静珍诞辰115周年

追星赶月事农耕，夜伴油灯织布声。

居室赠予村政署，父亲加入赤旗丁①。

迁居山坳求活命②，土地桥弯始复生③。

倾力支持共产党④，乾坤扭转鬼神惊。

2017年6月

注：①1933年中国工农红军在静边乡寇家坝上文昌宫（今金星村）建立村苏维埃，其相公欣然把此处的住宅让给村苏维埃公用，并参加了村赤卫队。

②村苏维埃解体后，又把家搬回了原住处后，为逃避"还乡团"的追捕和仇视，又迁居到白兔乡九龙寺薛家沟住在一幢草房里。

③1937年迁回寇家坝土地桥弯，耕种祖业。

④1948—1949年，中共地下党在他家建立了交通站和党支部，接待和掩护川东地下党渠县县委及岩峰、静边、城关特支、龙潭起义军、白兔乡、八庙乡党支部的领导和党员驻扎及来往，无偿提供生活供给和后勤服务。

悼诗雄王笃业先生千古（二首）

一

年逾百岁世间稀，立雪程门恨未期。

仰止高山心向北，惊闻噩耗命归西。

为民办学乡人赞，爱国捐资众口碑。

一代贤良成永别，哀思缕缕仰光辉。

二

年高望重世推崇，博学多才布德风。

觅韵敲诗追李白，通经活脉效神农。

尊贤敬业千秋誉，博爱仁慈百代荣。

佳绩三车难赘述，哀哉泪洒祭雕虫。

浪淘沙·忆渠县地下斗争尖兵（四阕）

双目失明的党支书唐成宣

志士正英年，黑地昏天。庞然大物也难观。手巧耳灵常串户，缺吃愁穿。　　火种播乡间，赤胆忠肝。化装敢闯鬼门关。营救同仁凭铁杖，水涉山翻。

红主妇

作了守门神，放哨飞针。近朱者赤透心身。竭力支持穷革命，百事乖勤。　　"剿共"甚嚣尘，父子潜奔。临危不惧扮痴人。勇敢忠贞摧顽敌，巧计回春。

红憨哥孙永昌

脸胖短身蛮，性格尤憨。追随父辈闹身翻。欲反"清乡"谋景泰，巧夺枪还。　　"光杆"骂多年，敌特纠缠。儿由母打泪涟涟。白皮红心虚逶迤，无怨无怨。

智斗群魔唐肇禹

胆识誉乡贤，要换新天。征程兄弟笑仔肩。一武一文争上阵，弟闯雄关。　　大敌正当前，箭已离弦。景阳冈上武松般。"扭袍上殿兄告状，智斗魔顽"。

112

缅怀颜正宗同志（二首）

一

云雾山高月色浓，青松翠柏仰颜公。

腥风血雨开新路，虎穴龙潭展笑容。

帅挂南阳妖孽斩，歌飞闸坝坦途通。

忠肝义胆民心鉴，党史流芳市志雄。

二

巴山渠水挽功臣，有口皆碑献此生。

吐哺心操"稀饭县"，指挥汗洒冷水滨。

一生简朴工农赞，两袖清风妇孺闻。

功德无量"焦氏"誉，倡廉反腐倍思君。

2006 年 7 月

挽冯秋同志

惊闻噩耗悼冯公，星陨巴山慕肃容。

策教宕渠功不朽，挥鞭绥定志犹宏。

昔年坚信乾坤转，今日暝观盛世隆。

济世恤贫堪表率，名垂千古赛青松。

2008 年 3 月

何老颂

——祝何修荣同志九旬晋一寿典

渠江哺育少年雄，百炼成钢对党忠。

雾豹南山潜虎穴，牧羊干校踏荒丛。

清风两袖情融墨，老骥三嘶韵入松。

四世同堂欢海屋，彩衣映照夕阳红。

2005 年 9 月

赞雍国泰先生《闲云集》付梓

华蓥挺拔毓青松，暴雨狂风尚从容。

野鹤长鸣翔宇宙，闲云飘荡映苍穹。

山川绚丽成仙境，岁月峥嵘不倒翁。

迟暮华章成典籍，杏坛桃李谢春风。

2005 年 7 月

行香子·贺雍国泰教授九十晋一

银汉横秋，月桂飘香。举飞觞、激兴高昂。欢歌九秩，几度风霜。祝师情畅，欣改革，喜呈祥。　　杏坛春阳，花卉芬芳。传薪火，桃李盈堂。诲人不倦，烛炬辉光。北海南山，祝遐龄，福无疆。

沁园春·赞野鹤闲云

逶迤华蓥，宕水之滨，国泰鼎名。在杏坛上下，生员满校；学堂内外，桃李盈城。烛泪流光，蚕丝吐尽，沥血呕心育俊英。凭栏处，看龙飞凤舞，四海峥嵘。行年八八生春，引无数、贤良谋国兴。喜山河锦绣，闲云妆点；渠江野鹤，万里鹏程，银发童颜，锦囊妙句，周雅赓歌满怀情。逢盛世，望长留浩气，福寿康宁。

2015 年 7 月

致李学明先生《一路走来》首发式

一路走来气凛然，光辉足迹映蓝天。
终成巨著传奇画，劳苦功高启后贤。

郭清发《寒微诗集》读后

丰乐乡间不老松，眼残挥笔仍从容。
环游四海珠玑涌，诗贯千囊韵味浓。
磨炼华章扬国粹，令人钦仰荡心胸。
欣逢七十华诞日，德艺双馨仰顶峰。

赠朱景鹏同志

博古通今世上奇，匠心独具咏诗词。
神工鬼斧随时布，墨海波翻任意挥。
义胆忠肝人敬仰，狂风暴雨志不移。
才高八斗冰清玉，德艺双馨乃我师。

沁园春·赞景鹏诗集

锦绣文章，艺苑奇葩，料及景鹏。任辉煌华夏，繁荣巴蜀；尽收眼底，满载襟胸。效法羲之，师崇李杜，切磋钻研畅咏中。看今日，叹诗书篆刻，变化无穷。　　生辰七秩仁翁。韶光恋，强身苦竹丛。喜春风浩荡，弘扬国粹，高歌梦想，其乐融融。正气长留，贞操坚守，海屋添筹寿若嵩。邀文友，赞丰盈硕果，笑语朱公。

王善平先生离渠感言

风雨兼程不畏难，历经寒暑为民宽。
俱施德政新良策，渠郡山河蔚壮观。
赛国结缘情谊厚，欢声笑语入云端。
鹏程万里何愁远，马不停蹄屡晋迁。

赞杨峰先生书画集

诗情画意龙蛇阵，丽句清词墨泼成。
祈盼青峰松不老，狂书白首恋乡情。

祝杨平春先生九十华诞

黉门敬业口含辛，桃李盈庭笑语频。
泼墨挥毫书夙志，苦中咏乐寿长春。

赠陈紫烟诗集

朱腾灼灼着红装，纤手殷殷拈韵香。

诗海徜徉凭自在，群芳竞艳更何妨？

答谢雪石先生①赠吾寿联

骏马天山返故园，杏园法鉴保民安。

松风竹翠扬文化，墨醉诗书博众观。

注：①雪石，系渠县人民检察院高级检察官李小林先生之笔名。

读周建华君《古镇的记忆》

草根新秀建华君，当地文坛一小兵。

描述流传民俗事，走街串户话乡云。

心怀荡漾挥豪笔，意境纷纭独见闻。

欲借彩亭兴古镇，诚邀雅士赏斯文。

贺鄢国灿先生诗作付梓暨七十华诞

文狱缠身苦难松，艺坛驰骋亦从容。

潜心觅韵追苏轼，好学求知效孔融。

暖送春风冤案雪，勿忘孤老友朋通。

长留正气望天笑，喜沐秋光寿若嵩。

赠陈见昕老师

杏坛报社自清名，历尽沧桑心太平。

于国舍身临险境，为民沥血赴征程。

韶华易逝夕阳好，耄岁初逢喜气增。

故土他乡情意美，左绵健笔赋新声。

2007 年 5 月

贺杜泽义先生《人生》感悟付梓

艰辛创业破冰嵩，自学成才逐浪滔。

流水高山君感悟，光前裕后领风骚。

贺杜德政先生八十华诞

渠水荒滩野老翁，身经苦乐亦从容。

贫穷富贵安闲看，长幼尊卑一视同。

炉火纯青钢铁汉，高风亮节髯苍松。

吟诗作赋抒心意，累累华章气贯虹。

赠颜伟邦同志

文思激涌豪情逸，笔墨淋漓咏丽词。

摞摞诗篇歌盛世，累累典籍吐珠玑。

胸藏万汇乾坤大，手写千秋志趣奇。

唯有诗才堪敬仰，骚坛焕彩更欣喜。

赠邓天柱同志

穷经皓首仰穹苍，一柱擎天沐夕阳。

沥血倾心书大作，激情走笔颂家乡。

吟山咏水雄风劲，吐蕊扬华艺苑香。

小雅赓歌秋月媚，南山桧柏显韶光。

读谭世俊先生《风雨集》有感

归田解甲本寻常，风雨集书吐芬芳。

切切反思忘归憾，频频步韵扣新章。

黉门意远怀宏志，政协情牵步小康。

喜看斜阳飞琥珀，好将余热化严霜。

鹧鸪天·贺刘国同志《春潮杂咏》付梓

从政从教六十过，寒霜宝剑赖勤磨。弹琴幽谷知音远，敲韵诗翁感事多。香梦冷，恋渠河，春潮杂咏乐呵呵。人生苦短情难了，好趁斜阳对酒歌。　　知君往事不平坡，岁月蹉跎浩气磨。置腹推心知己少，翻云覆雨看人多。淡名利，喜吟哦，儿女情长胜绮罗。革命征途同战斗，丹心碧血洒江河。

2004 年 5 月

赠李同宗同志

才孚众望喻名流，彩笔一支描九州。

啄木除虫千树茂，阳春刈草万花幽。

齿牙吐慧艳于雪，肝胆照人清若秋。

渠县诗文传圣火，口吐阳春白雪楼。

赠郭绍歧先生

奋志芸窗惜寸阴，涉身社会乐耕耘。

春风化雨众钦仰，传授真知群仰尊。

老树新枝齐竞秀，奇花异草共争春。

蒙君赐教友情重，椽笔一支点滴存。

2007 年 6 月

读李满林同志《闲吟草》

执教多年守职中，培桃育李乐融融。

育才路上豪情壮，墨海场中兴致浓。

学品早防冯妇虎，读书不好叶公龙。

承蒙惠赐闲吟草，获益多多表寸衷。

2005 年 6 月

贺邓天柱《阙乡行》付梓

断碣残碑越古今，千锤百炼阙乡行。

渠江水色如图画，城坝山色似彩屏。

冯焕忠心勤内政，沈公赤胆扩边庭。

邓翁捉笔描青史，怡性文章万里尘。

2007 年 7 月

贺张人俐同志《风雨三江镇》付梓

风雨三江镇，昙花并蕊来。

剧场歌小品，编导展奇才。

锣鼓惊川味，掌声萦舞台。

友朋拼一醉，硕果喜开怀。

2007 年 9 月

赠高天赐同志

艺坛驰骋慕天赐，凤舞龙飞仰止高。
剪玉裁金铺锦绣，栽花植树领风骚。
故园调寄声声慢，校外观光步步娇。
好对晚霞倾热血，大千世界逞英豪。

赠石太利、杨青女士

母女才华贯蜀中，收藏扇报乐无穷。
广交渠达淑媛秀，遍结成渝巾帼雄。
蔡琰词人传乐谱，兰英博士播文风。
蛾眉队里多能手，翰墨诗文一代宗。

2007 年 7 月

祝胡道级同志获香港回归十周年文艺创作交流会
诗歌一等奖

芳香伴墨涌毫端，野草如酥耐野烟。

诗咏梅开飞雪日，艺园花放赋春天。

当年政界鹏程远，今日艺坛书法传。

临水挥竿闲试钓，江山如画乐余年。

2007 年 9 月

贺李麟同志获戏剧文学创作一等奖

美好河山添壮丽，英雄儿女着先鞭。

木兰替父千秋颂，蔡女吟诗万世传。

润物无声兴艺苑，立身有志美家园。

春风杨柳美如画，羽翼初丰翔碧天。

贺杜荣同志佳作面世

挥笔吟诗壮志酬，春华秋实获丰收。

横眉冷对墨心吏，俯首甘为孺子牛。

胸有宏图天地大，心无私念旅途悠。

新闻报道显身手，宕水情深美誉留。

2005 年 1 月

赠罗安荣同志

喜气多多国运昌，诗词书画铸辉煌。

高歌气壮三江水，起舞曦寒两鬓霜。

忆昔政坛同奋进，喜今艺苑共图强。

春蚕只顾吐丝尽，不管人间论短长。

赠代庆康同志

绿洲芳草映朝霞，撩拨骚坛兴味赊。

妙句横生情未尽，雅诗流露意无涯。

闲吟茁壮渠江草，漫饮清香云雾茶。

奉献精神诚可贵，尽将余热献中华。

赠王小铭同志

年少风流志气宏，图强国事觅芳丛。

忠忱林茂千株绿，笃爱财经百业红。

履职机关严法纪，自将命脉系苍穹。

印痕一卷情尤炽，拔节跫声诗意浓。

2007 年 6 月

在荆门兄妹告别

金风送我赴荆门，兄妹相逢意更馨。

晚岁沧桑难尽叙，童年嬉戏记犹新。

山河壮丽如春锦，手足亲情似海深。

临别依依何遗憾，暮云秋树总牵魂。

2003 年 11 月

祝兰凤田医生七十华诞（二首）

一

兰花绿树喜姻联，举案齐眉比盂娴。

妙手琴心常沥胆，勤挥热汗每披肝。

杏林三月花犹放，枯井四时水更甜。

布服荆钗①贤内助，康宁福寿享余年。

注：①布服荆钗，引自李祯《剪灯余话·长安夜行录》，"怡怡伉俪真难保，布服荆钗有人悦"。

二

林茂兰花并蒂莲，金婚唱响喜尧天。

和衷共济齐家室，协力同心建乐园。

甘为人间除病患，忠于大众送平安。

相依徊守老而乐，钻石迎来福寿绵。

2000 年 8 月

赠罗传碧老人七十华诞

祥和处世人敬仰，勤劳艰辛送青春。

满头银发忙家政，赤胆忠心感党恩。

欣逢七十华诞日，喜看儿孙事业成。

亲朋好友翘首盼，笑口常开寿康宁。

贺黄庆碧八旬晋一庆典

八十年华一瞬间，含辛茹苦梦魂牵。

儿孙孝顺添千福，喜气冲天伴百年。

追梦之路

肖光渠先生乔迁志喜

幸步琼楼百福臻，久经风雨梦成真。

站高看远通今古，懿德传家天地仁。

2018 年 4 月

赠徐坦^①老师

坚守黉门育俊英，呕心沥血为苍生。

桑榆晚景旌贤德，期盼超逾百寿庚。

注：①徐坦，系耄耋之年的退休老教师。

第七章　莺友鸣鞭

赠寇老

邓建秋

平生唯报国，书剑看胸襟。
人共山川久，情于社稷深。
沉浮本无意，忧乐总关心。
岁晚沧江上，尤期听雅音。

2013 年春

贺七十年党龄的渠县寇森林吟长米寿

曾凡峻

宕渠松柏化森林，百鸟争鸣时代音。

金石铺成文艺路，濛山走出苦吟人。

爱乡赤子焉无梦，战地黄花自有馨。

七十党龄传美德，欣逢米寿喜盈门。

2017 年 7 月

贺寇森林先生米寿

朱景鹏

渠江秋水尽歌卿，高耸马鞍均动情。

绶带鸟声方鸣遍，白翁雀响再呼荣。

瑞椿长在歌诗里，椒桂当存琴瑟盈。

米寿酒馐今敬奉，德馨庭外禄弦笙。

2017 年春

赠寇森林同志

颜伟邦

贫苦农家革命人，少年壮志拯黎群。

冤伸"牛鬼"良师誉，颖脱"猪倌"部长新。

德齿俱高孚厚望，诗文焕彩祝长春。

谢君一席肝肠语，勖我蒙尘学父亲。

2007 年 12 月

贺寇老八十八岁生日

阿　言

词翁寇老逢新岁，吟诗作赋中秋会。

宕渠竹编汉碑酒，黄花喷香惹人醉。

老骥伏枥志千里，江水作墨诗意睿。

激情满怀颂盛世，诗乡奔康更生辉。

2016 年 8 月

赠寇老（三首）

高天赐

一

投身革命秉坚贞，为国忘家表赤诚。

志士方舟谁起伏，神机妙手定输赢。

吟诗觅韵续风雅，酌句寻经颂晚情。

耆老而今无憾事，赠言聊以慰平生。

二

当年奉命赴渠城，相识相交仰德行。

博学多才堪倚马，雄心大志展飞鹏。

厅前两句知心话，路上三番友谊情。

谨慎谦恭人敬仰，口碑载道寇君名。

三

袅袅春风绽异葩，忠肝义胆闯天涯。

豺狐阻道挥椽笔，虎豹当途逞利叉。

跃马扬鞭干革命，建功立业效中华。

林泉息影歌雅韵，不羡安期枣似瓜。

2009 年 8 月

赠寇老

罗安荣

中秋喜贺寇老米寿

中秋携侣步悠然，雨霁山明上马鞍。

米寿今来祝寇老，期颐再聚会群贤。

转头诗社历三载，眨眼书朋识廿年。

但愿诸君学社长，福如东海寿南山。

2016 年 8 月

寇老高龄辞职感言

寇老高龄辞会长①，平生诗伴乐安康。

共圆牧奖诗乡梦②，同育新苗百卉芳③。

竭力扶持选新秀，尽心组织谱华章。

朝阳夕照景同美，觅趣忘年岁月长。

2018 年 4 月

注：①指寇老辞去渠县诗歌协会会长。②指"杨牧诗歌奖"和"中国诗歌之乡"落地渠县。③指"新苗杯"校园诗歌大赛。

逐梦之路

祝寇老新春快乐全家幸福

李小林

一

素质过硬老领导，德优文秀口碑好。

宕渠大地树旗帜，老少楷模人称道。

火树银花不夜天，各族儿女舞蹁跹。

金鸡报喜歌盛世，玉龙腾飞庆新年。

二

老当益壮志不休，几多诗篇领潮头。

莫道九十今古奇，更有寇老竞风流。

2017 年春节

赠寇老

孙和平

有感于寇老七十党龄而笔耕不已

七十党龄松柏青，三千鹤寿水山明。

初心熔铸中华梦，不废江河咏此生。

2018 年 2 月

寇森林先生八十八米寿之贺

萧瑟秋风听大音，歌诗浩瀚入森林。

渠江八百赛巴地，壮志三千社稷心。

身系初衷图报效，词吟晚岁寄胸襟。

山川共贺重阳日，古柏苍松拨浪琴。

2018 年 2 月 9 日

逢寇君八旬晋一感怀

杨平春

风雨兼程路漫漫，且喜到站有余闲。

白发戴花谐时趣，翰墨起舞醉艺天。

2008 年 8 月

拜读寇森林同志诗词感言

王福轩

寇公笔下春雷滚，老骥情怀蚕烛心。

艺精德高受人敬，魂忠意笃为民吟。

巴山韵味沁肝胆，渠江秀水浥奇文。

诗乡代代俊彦涌，星地众友步森林。

一株行走的大树

王小铭

命定辈子向往天空的蔚蓝
拼命地拔节蓬松的梦想
把风雨雷电甩成黑色的碎片
辗转东西长成令人艳羡的高度
一路走来
好辛苦

大枝小丫盛开多情的鲜花
阳光洒下阵阵赞美的掌声
周围的植物瞪大鲜亮的眼睛
每个躯干都挂满硕大的果实
一路走来
好荣光

在贫瘠的土壤里书写坚持
在生命的根部定格美丽的记忆
血管里张扬跃动的欢歌
让世界支撑对绿色永恒的礼赞
一路走来
好生动

2007 年 3 月

你　是

代庆康

你是一首长长的诗
含蓄　隽永
百读不厌
回味无穷

你是一幅画
明亮　淡雅
挂在哪家
哪家蓬荜生辉

你是一支蜡
燃烧自己
照亮别人
一生淡泊
一生追求
一生奉献

你是一棵不老松
枝繁叶茂
不怕风吹雨打
不怕冷与热
不怕艰难险阻
四季
屹立在山崖

2007 年 3 月

以敬为贺

郑六秋

读罢《宕渠行吟》书稿，总有一种荡气回肠的感觉。诗文涉及内容广泛，词句精练，给人不少美的感受，动情处，还有拍案叫绝的冲动。作品既体现了作者较深厚的文字功底，也表达了作者对社会、对人生、对自然、对事业的热爱，充满至诚之心。因寇老先生的女儿曾做过我的小学教师，幼年时就十分敬慕其大名而遗憾不能相识。当我步入社会，与寇老相识并有相互交流机会时，其已过了古稀之年。寇老一生曲折、一生辛勤，同时也一生奋斗、一生奉献，对事业无限执着、对这方热土无限眷恋，扎根宕渠沃土而又能放眼世界。写诗不易，作格律诗更难，《宕渠行吟》奉献给世人，具有独特风格和鲜明特色，丰富了宕渠文化的内容，既代表一种力量，更代表一种精神！

故赋拙诗一首，以致敬贺！

一生求实，
一生耕耘，
才思如涌成佳作，
满怀拳拳报国心。

一生敬业，
一生奋进，
不畏坎坷苦创业，
宕渠文化添精神。

追梦之路

一生坦荡，
一生赤诚，
轻看名利更合众，
笔耕不息思为民。

一生朴实，
一生勤奋，
把辛苦留给自己，
把成果留给世人。

海纳百川包容大，
山高路远浩气存。
江河奔流无止境，
诗中有画现人品。
根植宕渠文明土，
无悔平凡亦人生。
以苦为乐谱华章，
诗文千秋传美名。

注：2008 年出版的《宕渠行吟》，经订正后，收录于此书。

142

彩霞满天

杜 荣

早上吾叔欣然相告：渠县宣传部原部长寇森林同志之诗集即将出版。余感动，宕渠诗坛八旬老翁创作活跃，夜中写诗一首以表祝贺。

一摞《渠县老年》①创刊号

我们沟通无极限

离休、宣传部长、老年大学

经营、内部资料、读书创作

我看见一团团燃烧的火焰

那是坚定的行进的

那是快乐的歌唱的

不，那是簇拥的彩霞

动力是热爱

恒道是琼浆

打开记忆的窗户

扑进火热的宕渠

一首首佳作随风翩翩

在秋天格外金黄而芬芳！

注：①《渠县老年》系寇老创办的渠县老年大学的校刊。

辉煌人生

陈荣甲

自少奔忙于革命，立党为公方向明。
南昌旗帜龙潭义，雾豹南山建奇勋。
历经艰险存星火，低谷方显主义真。
足智善谋克顽敌，迎来五星红旗升。

满怀激情建设路，意气风发新长征。
挥墨彻夜撰文稿，不辍宣讲精理论。
践行马列导航向，两袖清风勤用政。
山青水绿稻飘香，绘就壮丽宕渠景。

倾心务实数十载，廉洁奉公享清贫。
举贤卸职心存业，扶上马去送一程。
敏锐文思见报端，吟诗填词竞笔耕。
高寿兀兴老龄事，德艺双馨写人生。

2007 年 9 月

第八章　岁月留痕

看老照片

忆及青春风雨同，同窗好友聚来中。
龙潭虎穴忧时愤，蒋特屠刀乱世凶。
仰望红星追马列，迎来禹甸笑春风。
此生望彻长征路，白发苍苍站似松。

重温入党誓词感怀

诵诗挥拳气势雄，潜身虎穴紧张弓。
龙潭号令风云急，渠水欢呼天地红。
再向党旗宣誓愿，更迎华夏迈昌隆。
扬鞭策马康庄路，雪发霜鬓志不穷。

2017 年 7 月

欣逢吾迹送省展感怀

一

莫道桑榆临晚景，南山桧柏长新桠。

残阳暮色春无限，旭日朝霞气更赊。

尘欲济人明世理，心期革命报中华。

华巅不惜耕耘苦，喜看山河披彩霞。

二

青山绿水映红霞，引得骚坛兴味赊。

腹有诗书经世界，胸藏丘壑感京华。

屡经险夷心不变，道义争担志可夸。

老树着花朝北斗，夕阳秋色美无瑕。

2007 年 8 月

七旬初度自诩（二首）

一

七十年华去似烟，甘心静坐理论篇。
乱离不失平生志，回首方知尘世牵。
若问行程留底事，何妨探悉活神仙。
韶光已逝今安在？满目青山咏笔笺。

二

看戏方知唱戏难，银须拈断早非官。
乱离不改初心志，衰老迎来大地宽。
满目青山邀雅兴，一支颓笔绘春兰。
回眸经历成功少，无愧于民梦亦安。

1999 年 8 月

八旬初度遣怀（四首）

一

莫笑平生两袖空，家无长物沛清风。

离休俸禄妄言少，著有诗书不算穷。

淡饭粗茶还赏菊，文坛艺苑忝雕虫。

先人①大宋背靴去，侪辈安辜造化功？

注：①先人，指北宋政治家寇准。

二

幸步书坛重晚霞，文房四宝学涂鸦。

临池遣兴诗中画，对月抒怀酒后茶。

松竹经霜蓬绿叶，寒梅傲雪绽奇葩。

人生八十难为醉，不羡东陵会种瓜。

三

敲诗觅韵乐无涯，翰墨情缘动笔叉。

松翠严冬经雨雪，月明炎夏话桑麻。

琼楼画阁情幽雅，曲径长廊景色佳。

把酒吟诗歌盛世，东篱老叟赏黄花。

四

青年气壮志凌云，聚众深山抽虎筋。

爱国忧民怀马列，匡时济世正乾坤。

几经死难离艰险，再度逢春力万钧。

皓首笔书肝胆句，吟诗觅韵感洪恩。

2007 年 8 月

重阳乐

参加"达州市首届中老年激情广场大家唱"归来

晚霞光彩动吟魂，黄菊飘香气象新。

凤岭达城歌雅韵，巴山渠水笑良辰。

欢天喜地忘忧日，好景无穷快活人。

老马征途餐紫气，歌飞霄汉万家春。

参加渠县十佳"老干部、五老志愿者"表彰大会有感

重阳敬老感隆恩，夕照文峰景物新。

宕郡江城添异彩，黄花故里表功勋。

凯歌阵阵难忘日，喜气洋洋挺有神。

老骥扬鬃奔大道，身居盛世寿长春。

编修《寇氏族谱》感怀

休管他人论是非，编修族谱费心思。

溯源追本明先哲，问祖寻踪启后基。

耕读家风昭懿德，勤劳门第显威仪。

应知卿相寇公准，为国为民百世垂。

2005 年 1 月

编撰《寇氏族谱》感悟

一

纵观族谱悟真心，先祖遗德须遵循。

耕读为本永奋进，自强不息百业兴。

为人处事讲诚信，尊老爱幼守敦伦。

家庭近邻俱和睦，孝敬父母记祖恩。

二

扶危济困善驱恶，礼义待人树本真。

齐家爱国求昌盛，效法祖先报当今。

回眸渠县首届老年大学

老年大学乐融融，瓦釜黄钟事必躬。

百岁童心滋化雨，一堂白首沐春风。

莘莘学子喜研讨，济济英才苦用功。

陶醉书香勤自勉，桑榆晚景乐雍容。

1994 年 6 月

渠县诗歌协会成立大会感怀

霜鬓乏力盼休闲，众愿难违又举鞭。

忘年自信磨韵律，坚守诗坛咏新篇。

行程若遇泥泞路，赖有帮扶志尚坚。

弘扬国粹观远景，宕渠涛韵影飞天。

2016 年 12 月

追梦之路

第九章　人生格言

一、意志与奋斗

1.祖国期待我们，改变自己，改变历史，改变山河。

2.只要是自己看准了的方向，正确的道路，无论多么艰险和曲折，都要一往无前地走到底，这才是一个人的真正意志和毅力。

3.骏马在哪里嘶鸣，哪里就有艰难险阻，就需要我们赶到那里去披荆斩棘。

二、真理与哲理

1.从旋涡里站起来的人，是勇士；在旋涡里趴下的人，是懦夫。

2.宇宙间的事物是无限的，人们能够发现和看到的却是有限的。所以，人类社会的创新和发展是无限的，而人们的理想和追求也应该是无限的。谁不按这个规律行事，谁就会停滞不前，甚至被抛弃在历史的垃圾堆里。

3.人类的生存发展，离不开社会科学和自然科学的发展；人们只有不断总结，不断实践，循环往复，求得生存，享受幸福。我国双人宇宙飞船的上天，改革开放的成功，充分证实了这两个科学创举为人类所做的巨大贡献。

三、理想与成功

1.理想是人生的航标，若没有它，前程势必迷茫。

152

2.坚定的信仰和理想,是事业成功的动力。

3.只要是有益于人民的事,就不要因别人的说三道四,甚至挑剔或阻拦而松劲,一定要坚持不懈地做下去,直到成功。

四、处世与美德

1.真正的共产党员,就像荧光石那样,无论在什么时候,不论放在什么地方,都会闪闪发光。

2.做人要像春蚕那样,不把腹中的丝吐尽不休;又像蜡烛那样,不把自己燃光不熄。

3.要做优秀的国家公务员,就应一日三省吾身;常思贪欲之害,常怀律己之心,常戒非分之想,常念荣耻之经,常乐温饱之福。

五、生活与命运

1.友谊是构建和谐社会的基础,有了真诚的友谊,人们才会享受真正的幸福。

2.金钱买不到求知,求知终将成为人才;在知识经济社会里,高素质的人才,才能招来金钱。

3.生在福中不知福,百事皆糊涂。

以上格言原载红旗出版社出版的《新时期中国共产党人优秀格言选集》《中华名人格言》等。

歌咏篇

第一章　中央电视台播《渠江之歌》电视专题片

解说词

（1988 年 1 月 2 日播放）

　　发源于大巴山脉，汇巴河、州河于三汇镇的渠江，波浪滚滚，横贯渠县南北，扑进嘉陵、长江。

　　在渠江上游，有一块拥有二千平方公里面积、一百二十万人口的地方，这就是历史悠久的渠县。

　　数千年来，朴实勤劳、勇敢多智的人民，在这块土地上建造了一座丰富多彩的文物宝库，谱写了一部光耀夺目的历史篇章。

　　踏进这块土地，步入渠县历史博物馆，犹如巡视历史的长河，自然感到亲切，感到自豪。渠江啊！您是巴渠人民的祖籍，您是宕渠的故乡。

　　远在传说中的伏羲时代，就有少数民族—賨人在渠江流域活动。在城坝远景文物陈列室中有城坝村出土的汉代蒜头壶、铁剑、俑、钟、钱币；历史博物馆陈列的汉砖、陶器，石辟邪摇钱树座。

　　石器时代，賨人的祖先就在这里取火、捕鱼、制造弓矢。并与其他民族一起逐步开发了川东丘陵地带，创建了独具特色的"巴渝

中国汉阙之乡

文化"。

　　早在我国秦朝时期，就建立了宕渠县，宕渠的县城设在土溪的"城坝"。从秦汉到西晋末年的几百年间，这里一度成为川东北地区发达的重镇。

　　在城坝遗址中，现在尚存大量的墓葬，发现了灰坑、窑址，出土了大量丰富精美的铜器、铁器、陶器……

　　特别是汉砖之多，令人叹为观止。如果把它一块接一块地铺起来其长度至少可以超过渠江。汉砖图案精巧古朴，曾远渡重洋在美国旧金山展出。

　　"石辟邪摇钱树座"图案也曾经在美国展出，以它特有的魅力，引起大洋彼岸人们的惊叹！

　　汉代遗留下来的城坝水井，至今还为人们使用。

　　名闻遐迩的汉阙，全国仅有二十余处，而渠县就有六处七尊，占全国汉阙总数的四分之一，人称渠县是"汉阙之乡"。其中有汉

歌咏篇

157

朝尚书侍郎冯焕、车骑将军冯绲、大司马沈府君等见诸史册的历史人物的阙，在20世纪50年代，就由国务院列为全国重点文物保护单位。

汉阙是不可多得的文物，阙上的斗拱、人物、花草、车马、怪兽、历史画面、神话传说以及猎射、弈棋、骑鹿、戏虎等场景，再现了多姿多彩的汉代生产、生活。在20世纪80年代的今天，汉阙仍以它庄重古朴、别具一格的风貌屹立于中华古国瑰宝之林。

山清水秀，人杰地灵，吸引过多少迁客骚人。李白、郑谷、元稹、贺知章、陈子昂、崔涂等文人讴歌渠江。

渠江啊，滚滚北来，匆匆南去。

在历史的长河中，渠江有如脱缰的野马，奔腾宣泄了多少世纪。青史一部从头读，无情最是浪淘沙。数千年的封建王朝终于被彻底推翻！

为了建立一个光明的中国，多少英烈前仆后继，甘洒热血写春秋。20世纪20年代末，渠县就建立了中国共产党地下组织。1933年，红军经过十几次战斗，解放了大半个渠县，建立了县、区、乡、村的各级苏维埃政权。镌刻在石崖、牌坊上的红军标语，记下了一代人民的丰功伟绩。

渠江啊，渠江！奔腾不息，源远流长。

在渠江东岸的华蓥山山麓，有一个奇丽的龙潭风景区。一进入这个风景区，首先映入我们眼帘的是宏大的裸露于溶岩之中的九连洞和百石洞。传说从前有九个仙人在此各占一洞，修道炼丹，各显神通，后人为纪念这件事，故称它为九连洞。

九连洞、百石洞下，有一巨蛙石，高达5米，是我国少见的栩栩如生的蛙石。它像一个卫士，坚守着风景区的门户，迎接着来自四面八方的游人。

啊！好一个壮观宏伟的瀑布，高40米，宽25米，远观似巨龙奔腾，近看似银河落水，纵观又如白龙喷雾。清乾隆五年（1740），渠县知县何士钰旅游到此，见高岩水流直下，水帘数十丈而成奇观的瀑布，遂欣然命笔，以"龙湫瀑布"为题咏诗一首："源高疑是自天来，光闪晴空响似雷，一自入园分润去，洛阳早见万花开。"这是对它的真实写照。

沿着瀑布而上，便是怪石林立的石峰群，姿态万千，经大自然的千锤细刻，有似石鼓、石象、石狮、石牛、石马、石龙、石鸟；有卧式、立式；有的相互争斗，真是一个怪石的世界，使人饱览大自然雕刻的精华。

无情的大自然将溶洞的顶盖掀开，峡谷裸露，乳石遍布。长达数里的峡谷陡壁，怪石密布、悬吊青藤、流水叮咚。

一条峡谷的清泉，地面跑，洞中行，时而隐蔽，时而裸露；时而匆匆，时而缓行；时而泛白，时而变蓝；时而咆哮，时而雅静。真是变化无常、奇趣多端，令游人陶醉，流连忘返。

走出多趣的峡谷，便进入大小六十多个各具特色的溶洞群，其中有个通天洞，下通老龙潭，上通火焰山峰，是龙潭风景区的又一奇观。

登上火焰山，瞭望原野，万峰奇丽，五百余年的桂花园，数万亩竹海、林海，构成一个绿色的世界，把龙潭风景区装点得更加美丽。旭日东升，光芒四射，好一个神妙的天空啊！令人陶醉。

位于川东北的渠县，丘陵起伏，气候温和，雨量适中，不仅盛产粮食、油桐、青麻、茶叶、蚕桑，在全省以至全国占有重要地位，而且全县人民充分发挥本地的自然优势和技术优势，创造和生产了许多名特产品。渠县两岸有这样一首民谣："十里山梁，十里花香；十里林带，十里果香；十里清风，十里醋香；十里流水，十里酒香。"

1987年秋，任县委宣传部长期间，寇森林率领摄像队伍在三汇区凤凰山的柑橘林中，拍摄《渠县柑橘谱新篇》电视专题片，送四川电视台播出

    花香，就是驰名全国的渠县黄花。渠县是全国黄花生产的基地县，这里不仅有种植黄花的悠久历史，而且有土质、气候、品种、技术等方面的得天独厚的条件。因此，渠县黄花素以色泽鲜亮、香气馥郁、肉头肥厚、杆长把儿短、风味独特、营养丰富而著称。

    渠县柑橘量多质好，是全国柑橘商品生产基地之一。1985年产柑橘20万担，比1978年增长一倍多。

    以色、香、味皆优而闻名国内外的"三汇特醋"已有三百多年的生产历史。曾经多次被评为省优、部优产品，远销香港等地区，美国、加拿大等国家。

    三汇醋厂研制的"三汇果醋"属国内首创的新产品，填补了我国果醋生产的空白，目前已被列为全国第一家果醋生产工厂的建设项目。

"要喝酒，渠县走，渠江两岸多美酒。"渠江果酒厂是全国果酒生产的骨干单位，有六个品种被评为国优或部优产品。这些果酒，采用优质原料，经过严格的工艺流程精酿而成，色泽明亮，味美清香，营养丰富。

渠江啊，渠江！渗透着花香、果香、醋香、酒香，飘香万里，万里飘香！

党的十一届三中全会以来的政策，是春风，是雨露，吹开了渠江儿女的心花，滋润着渠江两岸的禾苗，今日渠县一派生机。

近年来，全县人民在县委、县政府的领导下，坚持改革、开放、搞活的方针，促进了国民经济的迅速发展。粮食总产量由1976年的五亿多斤，增加到八亿多斤，"稀饭县"变成了余粮县，自然经济迅速向商品经济转化，城乡展现出繁荣昌盛的景象，人民的心情从来没有像今天这样舒畅。

随着农业生产的发展，一个轻重并举、中小结合、门类较多、重点突出、分布合理、效益逐日提高的工业体系已经初步形成。目前，渠江两岸，襄渝线上，座座厂房鳞次栉比，连绵不断。

南阳滩闸坝是渠江九大渠化工程之一，它是四川第一座大船闸。近年来，渠县人民又在这里修建了南阳滩水电站，装机容量一万千瓦，年发电量6385万度。

教育卫生事业不断发展。一个初具规模、布局合理、体制多样的教育网已经形成，它是四川省普及初等教育的合格县之一。

民间传统工艺有了新的发展。你瞧！竹编工艺品多么绚丽多彩，有的已列入国家珍品。特别是渠中教师邓秀虎书写的十一万字的微书诗扇，堪称世界一绝。

解放初期，渠县城还是一个不足万人的古老小城镇，现在已经发展到三万多人，一座座高楼拔地而起，以其崭新的容貌展现在人们的面前。旧貌换新颜，这一切成就都是渠县人民在县委政府的领导下取得的。渠县人民载歌载舞，歌颂党的现行方针、政策，歌颂美好的未来。

渠县民间文化艺术活动丰富多彩。特别是素有"小重庆"之称的三汇镇，每年三月十八日的亭子会，独具特色，热闹非凡。

三汇彩亭一般是三层的高亭子，构思巧妙，造型奇特，使人感到惊叹难解。近年来，三汇人民继承古老彩亭的传统造型艺术，取其精华，去其糟粕，使这一民间艺术有了新的内容和新的发展，传统的文艺形式，表现了社会主义的新风。

体育竞技活动遍布城乡。每逢传统的端午节那天，渠江沿岸各场镇都要举行规模巨大的游泳、抢鸭子、赛龙舟等体育竞技活动。

渠江啊，渠江！

您是开拓的诗篇，您是振兴的乐章。您奔腾咆哮，冲洗贫穷；您碧波荡漾，走向富强。

渠县百万人民正以锐意进取的精神去开拓新的前景，迎接再见新篇的曙光！

编辑：寇森林
摄像：张胜川　杨　建
制作：秦少华　高　峰
解说：虹　云

中共四川渠县委员会
四川省渠县人民政府　录制

第二章 四川电视台播放《渠江之歌》系列专题片

（1987 年 1 月 6—8 日放映）

《渠江之歌》（之一）——源远流长

（主题歌）

渠江啊，渠江。

宕渠的故乡。

汉阙群立，

汉砖城墙。

文明的记录，

历史的课堂。

啊！

文明的记录，

历史的课堂。

啊！渠江渠江，

源远流长。

渠江渠江，

源远流长。

（解说词）

滔滔渠江，汇集巴河、州河，涌入嘉陵、长江。

在渠江上游，有块拥有二千平方公里面积、一百二十万人口的地方，这就是历史悠久的渠县。

数千年来，朴质勤劳、勇敢多智的人民，在这块土地上建造了一座丰富多彩的文物宝库，谱写了一部光辉夺目的历史篇章。

踏进这块土地，步入渠县历史博物馆，似如巡视历史的长河，使人感到亲切，感到自豪。"啊！渠江啊，您是巴渠人民的祖籍，您是宕渠的故乡！"

远在传说中的伏羲时代，就有少数民族——賨人在渠江流域活动。在石器时代，他们就在这里取火和捕鱼，并能制造弓矢。与其他民族一起，逐步开发了川东丘陵地带，创建了独具地方特色的"巴渝文化"。早在秦朝时期就建立了宕渠县。宕渠县城设在土溪的"城

寇森林于1985年6月，任县委宣传部长期间，率摄像队伍在渠县龙潭山上，制作渠县有史以来的第一部大型电视专题片，摄录外景

坝"。从秦汉到西晋末年的几百年间，这里一度成为川东北地区发达的重镇。在城坝遗址中，现在尚存大量的墓葬，发现了灰坑、窑址，出土了丰富精美的铜器、铁器、陶器……特别是汉砖之多，令人叹为观止。如果把它一块接一块地铺起来，其长度至少可以超过渠江。汉砖图案精巧古朴，曾远渡重洋在美国旧金山展出。"石辟邪摇钱树座"图案也在美国展出，以它特有的魅力，引起大洋彼岸人们的惊叹！汉代遗留下来的水井，至今还为人使用。人们说，品一品两千来年的"东汉水"还可延年益寿咧。

汉代的宕渠产生了尚书侍郎冯焕、车骑将军冯绲、大鸿胪庞雄等十几位见诸史册的历史人物，他们为统一汉代帝国立下了汗马功劳。

名闻遐迩的汉阙，全国仅有二十余处，而渠县就有六处七尊，占全国汉阙总数的四分之一，人们称渠县是"汉阙之乡"。汉阙分布在土溪至岩峰之间的古驿道旁，早在20世纪20年代，渠县汉阙就被法国考古学家介绍到海外，引起欧美人士的兴趣和轰动。

汉阙是不可多得的古代文物珍品，阙上的斗拱、人物、花草、车马、怪兽、历史画面、神话传说以及猎射、弈棋、骑鹿、戏虎等场景，再现了多姿多彩的汉代生产、生活。在20世纪80年代的今天，汉阙仍以它庄重古朴、别具一格的风貌，屹立于中华古国瑰宝之林。

八濛山是三国蜀汉桓侯张飞大战魏将张郃的古战场，"张飞战八濛"的故事在渠江两岸广为流传，至今仍为人们津津乐道。"失街亭"的故事可谓家喻户晓，有勇有谋的王平，出生于宕渠，在成都武侯祠的蜀汉武将塑像群中，王平占突出的一席。

"五胡十六国"时代，产生过农民起义领袖李特、李流、李雄。306年，李雄攻克四川，建立了封建制的"成汉国"，李雄坐上了"大成皇帝"宝座。

歌咏篇

165

山清水秀，人杰地灵，吸引过多少迁客骚人。李白、郑谷、元稹、贺知章、陈子昂、崔涂等多人讴歌渠江。南宋是中国历史上的多事之秋，当渠县人民为反抗元朝大军入侵而迁到礼义山，坚持抗元斗争达二十年之久。清代渠县出现了武翼骑都尉王万邦，曾受命清廷镇守台湾，维护祖国领土的统一和完整。

　　渠江啊，滚滚北来，匆匆南去。在历史的长河中，渠江有如脱缰的野马，恣意横行了多少世纪。青史一部从头读，无情最是浪淘沙。数千年的封建王朝终于被彻底推翻！为了建立一个光明的中国，多少英烈前仆后继，甘洒热血写春秋。20世纪20年代末，渠县就诞生了中国共产党地下组织。1933年，红军在渠县经过十几次战斗，解放了大半个渠县，建立了县、区、乡、村各级苏维埃政权。镌刻在石壁上、牌坊上的红军标语，记下了一代人民的丰功伟绩。

　　悠久的历史，灿烂的文化，绽开了朵朵新花，渠县人民正在古为今用，积极发展传统工艺和民间文艺，为四化建设服务。你瞧！竹编工艺品绚丽多彩，有的已列为国家珍品。十一万字的微书诗扇堪称佳作，已进入国际市场。各种民间文艺活动也像渠江波涛，一浪盖过一浪。

　　渠江啊，渠江，你奔腾不息，源远流长。

《渠江之歌》（之二）——龙潭仙境

渠江水渠江山，

渠江山水别有天，

龙潭水幽深，

飞流下平川，

进得龙洞走一回，

半是游客半是仙。

渠江水渠江山，

巴渠奇景最壮观。

（解说词）

滔滔渠水，巍巍华蓥，云雾缭绕。这里有一处神奇奥秘的自然风景区—龙潭。龙潭风景区位于四川渠县东北华蓥山西麓，渠江东岸，离渠县城 20 公里，与临巴火车站相距 3.5 公里，景区范围 50 平方公里，是一处景致殊秀、令人神往的旅游圣地。

进入这个风景区，首先映入我们眼帘的是宏大的裸露于溶岩中的九连洞和百石洞。九连洞的由来，传说是从前有九个仙人在此各

歌咏篇

167

占一洞，修道炼丹，各显神通。后人为纪其事，故称它为九连洞。与九连洞相连的无数洞群，称百石洞，其洞口有左有右、有上有下，洞形有方有圆，有的似人、有的似神、有的像犬、有的像鸟，千姿百态，千奇百怪，游人登壁入洞，有似仙山琼阁的幻景。

九连洞、百石洞下，有一巨蛙石，高达5米，是国内少见的栩栩如生的蛙石。它像一个卫士，坚守着风景区的门户，迎接着四面八方的游人。

啊！好一个壮观宏伟的瀑布，高40米，宽25米。远观瀑布似巨龙奔腾，近看似银河落水，纵观又如白龙喷雾。清乾隆五年（1740），渠县知县何士钰旅游到此，见高岩水流直下，水帘数十丈而成奇观的瀑布，遂欣然命笔，以"龙湫瀑布"为题咏诗一首："源高疑是自天来，光闪晴空响似雷，一自入园分润去，洛阳早见万花开。"这是对它的真实写照。

沿着瀑布而上，便是怪石成趣的石幔群立，姿态万千。经大自然的千镂细刻，形成怪形怪象，错落有致，有似石鼓、石象、石狮、石牛、石马、石龙、石鸟；有的相互争斗；有卧式、立式，真是一个怪石的世界，使人饱览大自然雕刻的精华。

无情的大自然将溶洞的顶盖掀开，峡谷裸露，乳石遍布。长达数里的峡谷陡壁，怪石密布，悬吊青藤，滴水潺潺，如龙吐水。喷涌的清泉，地面跑、洞中行，时而隐蔽，时而裸露；时而匆匆，时而缓行；时而泛白，时而变蓝；时而咆哮，时而雅静。真是变化无常、奇趣多端，游人到此，无不流连忘返。

走出多趣的峡谷，便进入大小六十多个各具特色的溶洞群，其中有个通天洞，下通老龙潭，上通火焰山峰，是龙潭风景区的又一奇观。

火焰山腰，于清朝嘉庆年间修了一座龙王庙，保存至今。龙王

168

庙脚下，便是神奇美妙的龙潭。龙潭出水口，是一阴河，可划船、畅游。龙潭入口便是龙官的官门处，海水滔滔，波浪翻滚，一望无际。整个龙潭有九个官厅，官厅有别，有的乳石坐挂官顶。龙潭水渠，流水潺潺，山水辉映树林、竹海。神庙太空白鹤林，与海水相互辉映，有的只见一股流水从官洞深处缓缓流出，跃入深渊喷琛吐玉，空谷回声，水景怡人；有的石笋石柱，立地顶天，酷似粗壮树干，乳石纷披而下，如遮天蔽日的树叶；有的只见流水被岩石分划为二，突现激荡，争相越过石滩，形成一阵阵震撼身心的巨响；有的官顶四处流水，如细雨霏霏，像喷泉不断，整个厅堂水雾迷蒙。官石如珍珠落舟，使人有不似神怪胜似神怪之感。

告别龙官，登上火焰山，瞭望原野，万峰奇丽，五百余年的桂花园，数万亩竹海、林海，构成一个绿色的世界，把龙潭风景区装点得更加美丽。旭日东升，光芒四射，好一个神妙的天空，令人陶醉。龙潭呀，龙潭！神奇的龙潭！人们正把你打扮梳妆成为旅游的胜地，等待人们观赏。

《渠江之歌》（之三）——香飘万里

（主题歌）

渠江水哟水流长，
渠江两岸好风光。
柑橘挂红灯啊，
黄花吐芬芳。
柑橘挂红灯，
黄花吐芬芳。

歌咏篇

169

追梦之路

多少名牌优质酒，
醉倒渠江层层浪。
啊……
渠江水，水流长，
一江春水万里香，
一江春水万里香，
万里香！

柑橘丰收

黄花灿烂

170

（解说词）

位于川东北的渠县，丘陵起伏，气候温和，雨量适中，不仅盛产粮食、油桐、青麻、茶叶、蚕桑，在全区、全省，以至在全国都占有重要地位,而且全县人民充分发挥本县的自然优势和技术优势，创造和生产了许多名特产品。渠江两岸有这样一首民谣："十里山梁，十里花香；十里林带，十里果香；十里清风，十里醋香；十里流水，十里酒香。"

花香、果香、醋香、酒香这四香就是远近闻名的"渠县四大名牌"。花香，即驰名全国的渠县黄花。渠县是全国黄花生产的基地县，这里不仅有种植黄花的悠久历史，而且有土质、气候、品种、技术等方面的得天独厚的条件。因此，渠县黄花素以色泽鲜亮、香气馥郁、肉头肥厚、杆长把儿短、风味独特、营养丰富而著称,不失为上品佳肴，一直在同类产品中享有盛誉，畅销国内外。

解放以来，渠县为国家提供商品黄花近三十万担，供应外贸出口和特需十多万担，为支援国家社会主义建设做出了贡献。特别是近年来，黄花生产迅速发展，购销空前兴旺。目前，全县种植面积已超过万亩，年总产量接近二万多担。

渠县柑橘量多质好，现是全国柑橘商品生产基地之一。1985年产柑橘二十多万担，比1978年增长一倍多。以色、香、味皆优而著称的"三汇特醋"已有三百多年的生产历史。近年来，"三汇特醋"多次被评为省优、部优产品，远销香港等地区以及美国、加拿大等国家，1984年在参加商业部组织的评比中夺魁。

三汇醋厂研制的"三汇果醋"属国内首创的新产品，填补了我国果醋生产的空白，目前已被列为全国第一家果醋生产工厂的建设项目。

"要喝酒，渠县走，渠江两岸多美酒。"渠县果酒厂是全国果酒生产的骨干单位，有六个品种被评为国优或部优产品。这些果酒，采用优质原料，经过严格的工艺流程精酿而成，色泽明亮，味美清香，营养丰富。其中渠江牌广柑酒和渠江牌红桔酒被评为"天府佳酿""四川名酒""国家优质酒"，先后荣获省级金质奖章和国家级银质奖章。

"土溪小酢"和"高粱白酒"各具特色，广受欢迎。渠县酒厂生产的"濛山头曲酒"以本地糯高粱为原料，采用名曲酒传统酿造工艺和独创技术相结合精制而成，畅销全国各地，近年已对国外销售。1980年试制投产的"濛山陈酿"在参加全省同类原料白酒评比中，连年名列第一；达县地区行署颁发了"优秀科研成果一等奖"；省人民政府颁发了"省科学技术研究成果证书"。

渠江啊，渠江！渗透着花香、果香、醋香、酒香，飘香万里，万里飘香！

《渠江之歌》（之四）——浪潮澎湃

（主题歌）

渠江啊，渠江！
奔腾的巨浪，
冲洗穷白，
走向富强，
开拓的诗篇，
振兴的乐章。
渠江啊，渠江！
源远流长。

渠江渠江，

源远流长。

渠江渠江，

源远流长，

源远流长！

（解说词）

党的十一届三中全会以来的政策，是春风，是雨露，吹开了渠
江儿女的心花，滋润着渠江两岸的禾苗，今日渠江，一派生机。

近年来，全县人民在县委、县政府的领导下，坚持改革、开放、
搞活的方针，促进了国民经济的迅速发展。粮食年总产量已由1976
年的五亿多斤，增加到八亿多斤，农民收入成倍增加，人民生活显
著提高。"稀饭县"变成了余粮县，自然经济迅速向商品经济转化，
城乡展现繁荣昌盛景象，人民的心情从来没有像今天这样舒畅。

随着农业生产的发展，一个轻重并举、中小结合、门类较多、
重点突出、分布比较合理、效益逐日提高的工业体系已初步形成。
目前，渠江两岸，襄渝线上，座座厂房鳞次栉比，连绵不断。

铁厂洪流滚滚，煤厂炭堆如山。

坐落在渠江岸边的华蓥山电厂，是我国西南地区目前最大的火
力发电厂。南阳滩闸坝是渠江九大渠化工程之一，也是四川第一座
大船闸。近年来，渠县人民又在这里修建了南阳滩水电站；还有装
机容量五千瓦，已投产二十年的舵石鼓水电站。年产二十多万吨的
川东水泥厂，位于渠江东岸，靠近三汇火车站，设备先进，交通方便，
所产水泥行销全国二十多个省市。党和政府十分重视群众日常生活
用品的生产。渠县火柴厂生产的木梗火柴和蜡梗火柴，性能良好，
质量可靠。求精锅厂生产的锅罐，精益求精，久享盛誉。

歌咏篇

173

为了适应建设需要，全县已办了许多砖瓦厂和其他建筑材料工业。渠县铸石厂生产的页岩铸石，是一种新型的工业材料，能承受各种剧烈磨损和强酸、强碱的浸蚀，得到了广泛应用，填补了我省铸石生产的空白，荣获了国家建材工业部颁发的"产品质量成绩显著"奖状。

　　渠县氮肥厂在改革中前进，年产合成氨比1978年增加一倍以上。渠县麻纺厂的建成与投产，把长期以来的原料优势变成了商品优势。渠江糖厂实行综合利用，一厂变三厂，即纸厂、酒厂、糖厂。

　　食品工业迅猛发展，仅县肉联厂年宰生猪就达十万头，县食品公司生产的罐头畅销省内外。

　　教育事业不断发展。一个初具规模、布局合理、体制多样的教育网点已经形成，是全省普及初等教育的合格县之一。近八年来向国家输送大学生达一千多名，近一百人成为国家研究生。

　　医疗卫生、计划生育成绩显著，除害灭病成效突出，祖国医学得到继承和发展。医疗卫生网点遍及城乡，加之群众体育活动的广泛开展，人民的健康水平普遍提高，体质普遍增强。解放初期，渠县城还是一个不足万人的小县城，房屋矮小破烂，垃圾成堆。现在发展到三万多人，一座座高楼拔地而起，站在十字街口举目回望，高低错落，色彩绚丽，蔚为壮观。渠城正以其新的容貌展现在人们的面前。

《渠江之歌》（之五）——渠水欢唱

（主题歌）

渠江水哟水幽幽，

满目春色织锦绣。

啊！

龙灯舞翩跹，

狮子滚绣球。

三汇抬彩亭，

渠江竞龙舟，

渠江竞龙舟！

啊！

文明花开遍地香，

乡情乡音浓似酒。

啊！

渠江水，水幽幽，

明日渠江更风流，

明日渠江更风流，

更风流！

（解说词）

渠江笑，渠江乐，满江春水满江歌。渠县人民载歌载舞，歌颂党的现行方针、政策，歌颂美好的未来。悠久的历史，灿烂的文化，渠县民间文化艺术活动丰富多彩。每年农历三月十八的三汇亭子会，独具特色，热闹非凡。亭子会起源于何时？传说纷纷，无从考证。

据《渠县志》记载,明朝末年,天下大乱,民不聊生,停止了亭子会,直到清朝中叶,才又恢复了此项活动。

三汇彩亭会

三汇亭子一般是三层的高亭子,构思巧妙,造型奇特,使人感到惊叹难解。近年来,三汇人民继承古老彩亭的传统造型艺术,取其精华,去其糟粕,使这一民间艺术有了新的内容和新的发展。每逢节日,龙灯、狮子、车灯、莲萧、彩船、高跷、秧歌等民间文艺演出涌向街头,体育竞技活动也遍布城乡。

每年端午节,为了纪念爱国诗人屈原,渠江沿岸各场镇都要举行规模巨大的游泳、抢鸭子、赛龙舟等活动,渠江水面水岸一片欢腾。碧波激荡,龙舟竞发,乘风破浪,奋勇前进!

现在又是翻开新篇的黎明。渠县县委正在制定"七五"规划,号召全县人民团结奋斗,振兴渠县,再展宏图。渠江奔流,一日千里,渠江人民正以锐意进取的精神,去开拓新的前景,迎接美好的未来。

176

赛龙舟

抢鸭子

渠县电视系列专题片《渠江之歌》
编导和录制工作人员名单

主　　编：寇森林

编　　导：王立俊　　邱传国

解说词：王建纬　李同宗　邓天柱　郑　恬

摄录像：张胜川　李　军

解　　说：赵丽萍

歌　　词：陈官煊

作　　曲：熊昌杰

音　　乐：龙永和

灯　　光：张德忠

字　　幕：马骏华

剧　　务：胡建林　张仁俐　刘昌值

演　　唱：达县地区文二团

中共四川渠县委员会
　　　　　　　　　　录制
四川省渠县人民政府

歌咏篇

第三章　清清流水弯弯河

清清哟流水吔弯弯河，
弯弯哟河边哟桑树多，
河水吔悄悄啥拍电影，
凉风悠悠，
啦啦啦啦啦啦配音乐。

哥在哟前面呃打露水，
妹摘哟桑叶哟脚跟脚，
哈哈吔笑得啥桑树摇，
一对喜鹊飞出窝哟。
啦啦啦啦啦啦飞出窝哟！

1960 年秋
于中滩乡寨坪村

第四章　心　声

啊！
伟大的中国共产党，
慈祥的母亲！
欣逢您的遐龄华诞，
谁不拨动心弦？
回顾您的光辉历程，
谁不热泪回旋？

啊！
伟大的中国共产党，
光荣的母亲，
您的每一个召唤，
谁不催马扬鞭？
您的每一次收获，
谁不倾情礼赞！
"一穷二白"已翻然，
谁不笑容满面？
脱贫达小康，
不漏一人一户，
谁不攻坚克难？
共享改革开放硕果，
谁不唱彻蓝天？

啊！

伟大的中国共产党，

崇敬的母亲！

中华民族的崛起，

全靠您的乳汁浇灌。

九州八极着彩装，

全靠您的阳光灿烂。

各族人民团结奋进，

全靠您凝聚的春暖。

中华儿女心中的歌，

永远唱不完，

都有一个共同的心愿，

爱我中华！

永远，永远！

跟着您走！

永远，永远！

2017 年 7 月

2015 年 10 月 27 日，郑愁予、杨牧、大卫、寇森林等在渠县中滩学校诗歌校园观察

第五章　十九大，高照灯

十八大，丰碑成；十九大，高举灯。

党中央，核心彰；习近平，献丹心。

新思想，强自信；新理念，纵豪情。

新战略，催奋进；新目标，起航程。

继马列，中国化；新时代，贯古今。

强国梦，航向正；谋国是，重民生。

固疆土，防敌侵；高精尖，壮军魂。

奔小康，攻脱贫；求精准，夺全胜。

依法治，讲公正；共和谐，倡文明。

反腐败，重廉政；严治党，更强劲。

纠四风，保根本；砥中流，力万钧。

江山美，日月明；让清气，满乾坤。

认真学，领精神；撸袖干，百业兴。

举红旗，塑灵魂；千秋业，天地春。

2017 年 10 月

歌咏篇

第六章　渠江里的铺路石

渠江啊，渠江
生我养我的温床
是您哺育的儿女
处处都在放射光芒
是您蕴藏的物质、文化遗产
世世代代都在喷发馨香

渠江啊，渠江
您怀抱里的鹅卵石
经历千沟万壑的流淌
顶住跌宕起伏的碰撞
洗濯了身上的尘土
把自己磨成金光

渠江啊，渠江
您怀抱里的鹅卵石
变成亮晶晶的铺路石
潇洒在四面八方的大路上
穿过泥沙沥青的阻挡
冒着无数的酷暑和寒霜
为构筑美好的画廊

奉献无穷的力量

渠江啊，渠江
是您产生的铺路石
与钢筋、水泥凝成的琼浆
撑起了顶天立地的脊梁
造就了高耸入云的楼房
铸造了民富国强的辉煌

铺路石啊，铺路石
奔驰在您背脊上的火车、汽车
满载着
宕渠的黄花、咂酒
情谊、馨香
送到天涯海角
书写着您奉献的力量！

2017 年 6 月

歌咏篇

183

散文篇

第一章　浩气长存　光耀神州

——纪念中国共产党成立 95 周年序《磁心石》

　　"没有共产党就没有新中国"，这是中国当代史证实了的一条颠扑不破的真理，这首歌也一直为中国人民久唱不衰。值伟大的中国共产党成立 95 周年暨中国工农红军长征胜利 80 周年之际，神州大地，天南海北，"闻之者凫趋雀跃，见之者足蹈手舞"（唐·梁涉）。广大诗歌作者重温党的奋斗史，如春登台，激情满怀，挥毫泻珠，直抒胸臆。无论是新诗作者、歌词作者，还是近体诗作者，也无论是渠县籍作者，还是域外诗人，都拿起饱含情感的笔，讴歌中国共产党领导中国人民 95 年艰苦创业的英雄足迹。行行诗句吐真情，是广大诗歌作者放歌时代、咏颂党恩的情感奔流。

　　诗歌作者有的参加了我县组织的精准脱贫采风，有的只身到基层采访，他们冒着酷暑深入村社及贫困户，触景生情，热情歌颂了渠县当前如火如荼、脱贫攻坚的新景象。

　　近期，国际上反华势力或明或暗地炒作南海争端，有的甚至虎视眈眈地觊觎我国南海海域及其岛礁，激起了广大作者的愤慨，他们奉献了部分鞭挞那些国家丑恶行径的诗歌作品，表达了"位卑未敢忘忧国"的爱国主义情怀。

　　摞摞作品，跃然纸上，结集于《磁心石》这本诗歌集子里。集中反映了巴渠儿女的共同心声，鲜活地展示了中华优秀儿女的聪明才智和对革命的坚定信念。

历史证明，中国之所以能有今天的繁荣昌盛，能自立于世界民族之林，是锤头、镰刀所闪烁的光芒，就像磁石那样，紧紧吸住了炎黄子孙的赤诚之心；党的光辉像磁石磨成的指南针那样，给全国人民指明了坚定不移的前进方向。我们为伟大的中国共产党而骄傲，为伟大的中华民族而自豪！这就是我们编辑出版《磁心石》这部诗歌专集的旨意。在此，我向为本书问世而付出大量心血的作者、编者表示诚挚的敬意和谢意！

在这部诗歌集的征稿、编辑过程中，我们非常注重作品的思想性和艺术性的有机统一，大多数作品基本达到了这一要求。由于我们编辑水平有限，也许有的作品离这一要求还有差距，恳请广大作者、读者批评指正。"懦夫仰高节，下里继阳春"（唐·杨炯），我们相信，这部诗集一定能产生启迪、交流和鉴赏的作用。

这部诗作，感人肺腑，令人扬眉吐气，"恩波浩荡及吾徒，浃髓沦肤感不磨"（明·沈鲸）。遂将我个人的深切感受，以"七古"浅吟之：

开天辟地党旗扬，仁人志士急起航。
救国救民追梦想，挥镰挥锤挺胸膛。
敢上刀山图报国，投身火海树桅樯。
饮冰餐雪长征路，刨草掏根填枯肠。
历经千战惊天地，不惜肝肠扔野荒。
南征北战歼倭寇，逐鹿中原斩虎狼。
旧制推翻民做主，扬眉吐气步康庄。
山河壮丽惊寰宇，彩画连篇罩韵光。
百年承诺圆真梦，精准扶贫奔小康。

追梦之路

创新特色千秋颂，斩断穷根万古彰。

浩气长存昭日月，升平景象沐朝阳。

前辈精神垂史册，承先启后更辉煌。

　　站在伟大的时代，纪念伟大的节日，我们要继承和发扬革命先驱者为国为民的大无畏精神，遵循习近平总书记"不忘初心，继续前进"的亲切教导，进一步增强民族的凝聚力、向心力，坚定信念，更加自觉地维护党的领导，紧跟党的步伐，沿着党在血与火的奋斗中所开辟的解放之路、富强之路、复兴之路奋勇前进。认真践行习近平总书记在文艺工作座谈会上的讲话精神，坚持"二为"方向，坚持以人民为中心，不断创新，不断攀高，创作出更多优秀诗歌作品，为把渠县建设成为四川经济强县、生态强县、文化强县而努力奋斗，为社会主义文艺事业的大发展、大繁荣添砖加瓦，去迎接幸福美丽的明天！

　　是为序！

2016 年 7 月

第二章　让诗歌之乡万紫千红

——在渠江诗社 2015 年年会暨先进表彰大会上的讲话

开启名窗见彩虹，又逢华夏满春风。回眸 2015 年，我们豪情满怀；展望 2016 年，我们信心百倍。

过去的一年，我们认真学习贯彻了习近平总书记关于文艺工作的一系列重要讲话精神，在中共渠县县委、渠县人民政府的坚强领导下，取得了令人瞩目的成绩。

一、助推了"中国诗歌之乡"落地渠县，迎来了诗歌繁荣发展的又一个春天

2015 年，在县委、县政府坚强领导下，经县委宣传部、县文联精心组织指导及中国诗歌学会的帮助，经过充分的酝酿和筹备，于 10 月 25 日至 27 日，举办了全国 100 多位知名诗人咏渠县采风活动，隆重举行了"中国诗歌之乡"的授牌仪式暨诗歌进校园、"杨牧诗歌奖"的启动仪式。宣布了"建立中国诗歌学会渠县会员小组"的决定，举行了盛大的诗歌朗诵会，得到中央、省、市、县等 27 家主流媒体的广泛关注和宣传指导，开创了我县诗歌界历史的先河，迎来了渠县诗歌建设与发展的又一个春天。

二、千手众笔颂盛世，诗情歌意满渠江，推动了我县诗歌的蓬勃发展

我们出版了《宕渠诗丛》4 期，编发诗词诗歌千余首。为纪念抗

日战争暨世界反法西斯战争胜利 70 周年，编辑出版了诗歌专集《胜利之歌》。这些作品连同《追梦者之歌》《魅力宕渠》，发送到了中央有关部门及全国 26 个省、市、区及台湾地区和川内的 14 个市、县、区。

中纪委原老干部局长、办公室主任、知名诗人晨崧近日对《宕渠诗丛》发来贺诗评价："宕渠锦浪润芳丛，红嫩绿娇香气浓。……诗声有影传天外，德韵无涯满碧空。"对《宕》刊作了充分肯定，可见传播之广，影响之大，对提高渠县的影响力和知名度起到了重要作用。

《宕渠诗丛》作者以本县为主，还吸引了成都、泸州、达州及北京、江苏、辽宁、新疆、重庆等各省市的诗人热情关注。在发表的作品中，有"下里巴人"，也有"阳春白雪"。既有杨牧、周啸天、晨崧、胥健等名人大家，也有 95 岁辞世的教坛名宿雍国泰先生的诗词作品，还有小学文化的农民刘明高和乡村赤脚医生邹学浩的诗词作品以及十几岁的少年儿童的作品，有 50 多名作者在市以上报刊发表了 95 件作品。在传播正能量，弘扬社会主义核心价值观，艺术性、观赏性等方面都有很大提高。在写渠县事、吟渠县人、抒渠县情、接地气、落地根方面的题材很突出，深受人民的喜爱和欢迎。

三、营造了诗歌进校园的良好氛围，校园诗歌活动春意盎然

一年来，按照中国诗歌学会与渠县县委签订的协议，在我县兴起了"诗歌进校园"活动，形成学校领导亲自抓，共青团、少先队具体抓，语文老师配合抓的格局。渠中、二中、职专、汇中、流江中学、中滩学校六所学校建起了渠江诗社分社，发展学生社员达 200 余人，学校办起了诗歌专刊、诗歌园地、诗歌长廊，显现出异彩纷呈、满园春色的新气象。

四、踊跃参与了渠县第一届杨牧文艺奖的申报评审，检验了我县诗词诗歌的创作水平

渠县第一届杨牧文艺奖的实施方案部署后，我们立即召开了申

报此奖项的通报会，还用电话及短信等方式，向渠县籍外地作者及本县未来得及到会的作者通报信息。大家踊跃申报，在短短的 10 天内，就有 30 余名作者按规定程序进行了申报。11 月 8 日至 10 日，我们组织了初审小组，拟定了初审办法，采取了封闭式初审记分，然后采取由高到低的方式，推荐上报了 16 名入围作者的作品，这一活动，对我县近 10 年来的诗歌创作来说是一次很好的检验。

五、诗歌朗诵、诗歌演唱蔚然成风，适应了广大人民群众文化生活的需求

近年来，在县委、县政府办的重大文艺庆典和文化"三下乡"活动中，渠县民歌团、晚霞艺术团、离退休干部爱心服务团、渠县网络文化研究会、《渠县报》、《渠江文艺》、《濛山文艺》、《宕渠诗丛》等各种文艺团体和报刊都坚持不懈地把诗歌传播、朗诵、演唱送到乡村，深受人民群众的喜爱。他们的辛勤劳作和无私的奉献精神受到广大人民群众称道。

2015 年的成绩是瞩目的，但成绩属于过去。我们一定要百尺竿头继续努力，为渠县诗歌文化繁荣发展做出新的贡献。

2016 年，我们的任务是坚持以人民为中心，高扬社会主义核心价值观的旗帜，凝心聚力，奋勇争先，加快推进"中国诗歌之乡"建设。

（一）抓好诗歌的创新创作

一要继续办好《宕渠诗丛》，展示交流大家的精品力作，为加强对《宕》刊的指导，我们已通过短信诚聘了著名诗人杨牧、白渔、周啸天、程步涛、晨崧任顾问；二要按照中国诗歌学会与县委宣传部发布的"杨牧诗歌奖征稿启事"的要求，创作有探索的新诗作品；三要按中国诗歌学会的要求，编撰好渠县 2015 年诗歌年鉴；四要围绕渠县经济社会发展的目标，特别是扶贫攻坚的战略部署，编辑出版向中国共产党成立 95 周年暨中华人民共和国成立 67 周年献礼的诗歌专集。

191

（二）抓好诗歌进校园建设

在渠县"中国诗歌之乡"授牌仪式上，宣布了"诗歌进校园"活动的启动，县委副书记、县长苟小莉在致辞中作了部署和强调，这是我县建设川东经济文化强县战略目标的一项重要举措，更是关系继承和发扬祖国优秀传统文化和诗歌未来的大事。"诗歌进校园"活动，不仅要发展和建设好诗歌分社，而且要办好诗刊等展示交流平台。《宕渠诗丛》与《濛山文艺》报将适时组织校园诗歌大赛，对优胜者给予奖励，同时要打造好诗歌碑、诗歌墙，塑造浓浓的诗歌氛围，陶冶人们的情操，充分发挥"诗教"的作用。此外，还要开展系列的"读诗、写诗、诵诗、评诗"等活动。

（三）抓好诗歌队伍建设

一要在有条件的乡、镇及其他单位建立诗社，不断地培育和发展诗歌创作者和爱好者的队伍；二要加强思想建设，积极培育和争当德艺双馨的诗歌里手。遵循习近平总书记对文艺工作的指示，繁荣诗歌创作，推动诗歌创新，必须有一大批德艺双馨的诗人。诗歌创作者是传播正能量、弘扬社会主义核心价值观的先觉者、先倡者，是灵魂工程师。诗歌创作者自己必须自觉坚守艺术理想，加强自身的人格修为，不断提高学养、涵养、修养，不断提高自身的思想水平、道德水平、业务水平，严肃认真地弘扬美德。以高尚的职业操守、良好的社会形象、以文兼优的作品赢得人民的喜爱和欢迎。

（四）抓好"渠县诗歌馆"和打造流江湿地公园的诗歌文化广场的启动工作

建立渠县诗歌馆已列为渠县建设文化中心的项目之一，我们建议在文化中心建成之前，报请县政府调剂几间旧房舍，做一些筹备工作，即先把县内外渠籍诗人和非渠籍诗人与渠县有关的诗歌作品征集起来，收藏、陈列、研究，待文化中心建成后再搬到诗歌馆。经过中国诗歌学会的领导、知名诗人的参观考察以及各界人士的建议，一致认定把流江湿地公园、滨河路长廊打造成诗歌文化广场，是很合宜的。在今年要助推启动这一工程，首先做好规划，然后分步实施。

2016年是我国"十三五"规划的开局之年，又是全面建成小康社会决胜阶段的关键之年，也是我县"中国诗歌之乡"的起航之年，繁荣发展诗歌的任务是繁重而艰巨的。达州市人大常委会主任、诗词名家胥健在发给我们的《清平乐·迎新词》中，用了"流年莫叹时光，新元更蕴安样。头染冰霜特俏，梅花别是芬芳"这样的诗句来鼓励我们再接再厉，继续努力，在繁荣发展诗歌的万里晴空中展翅高翔。

让我们高举中国特色社会主义伟大旗帜，认真学习党的十八届三中、四中、五中全会精神。遵循习近平总书记对文艺工作的一系列重要指示，以人民为中心，在中共渠县县委、县政府的坚强领导下，凝心聚力，和衷共济，奋勇争先，加快推进"中国诗歌之乡"建设，为"统筹城乡发展，建设幸福渠县"而努力奋斗！

第三章　不辱使命　勇于担当
把脱贫奔康的时代赞歌唱得更响亮

—— 在渠县《小康路上》创研座谈会上的发言

同志们：

大家上午好！在春光明媚、阳光灿烂的美好日子里，在我县脱贫攻坚如火如荼推进之际，我们在这里举行脱贫攻坚的诗歌专集《小康路上》创研座谈会很有意义。

大家知道，脱贫攻坚这一惊天动地的宏伟目标，是中国共产党在成立之初向广大劳苦大众的庄严承诺，从而唤醒了千千万万的工农大众跟着共产党打天下；经过几十年的浴血奋战，前仆后继，取得了一个又一个革命的胜利。新中国成立后，中国共产党团结带领全国广大干部群众自力更生，艰苦奋斗，铸造了一个又一个的辉煌。党的十八大以来，为了实现中华民族伟大复兴的中国梦，又把这一目标作为重要的战略任务，作了部署。我县从党的十三次代表大会以来，县委、县政府就把这一目标作为统筹城乡发展的头等大事，作了精心的安排部署。全县广大党员干部群众在县委、县政府的坚强领导下，凝心聚力，扎实推进。2016年，相继通过国家、省、市10余次"大考"，已有10个贫困村如期退出，摘掉贫困帽子，2.088万贫困人口顺利减贫，全县脱贫攻坚工作实现了首战告捷。我县脱贫攻坚的经验模式，不仅受到中央、省、市领导的充分肯定和高度评价，而且还得到中央电视台、《人民日报》、《农民日报》、《四川日报》等主流媒体的报道，其经验由《人民日报内参》专题刊载，有的还被省移民局《移民信息》肯定推荐。有的经验做法得到了国家商务部、省商业厅的充分肯定，并在渠县召开了全县电商精准扶贫现场推进会。

2017年是我县脱贫攻坚工作全面突破的关键之年，全年要完成35个贫困村退出，2.3万人减贫和8741人易地扶贫搬迁任务。目前此项工作正在乘风破浪地有序推进。

在扶贫攻坚的战斗中，全县上下创新创造的经验层出不穷，涌现出来的好人好事源源不断，为我们的诗歌作者提供了广阔的天地。让我们凝心聚力，勤奋笔耕，大显创作身手，创作出更多更好的诗歌作品，唱响脱贫攻坚的伟大时代之歌。

如何抓住机遇创作更多更好的诗歌作品呢？下面谈几点体会：

一、紧盯指南，擎起明灯

习近平总书记在中国文联十大、中国作协九大开幕式上的讲话，我们诗歌协会曾经做了传达学习。这一讲话和其他有关文艺工作的一系列讲话一样，都是我们文艺创作的指南，是照亮我们心坎的明灯，希望大家进一步学习领会这一讲话的精神。首先把头脑武装起来，认真付诸实践，要凝心聚力"弘扬以爱国主义为核心的民族精神和以改革创新为核心的时代精神，大力弘扬中华优秀传统文化，大力发展社会主义先进文化"，就必须把脱贫奔康这一时代的主旋律，写深、写透、写精、唱响。这就需要我们做到"胸中有大义，心里有人民，肩头有责任，笔下有乾坤"，推出更多更好的优秀诗歌作品。

二、拓宽视野，放开眼界

脱贫奔康是一个系统工程，关联到上下左右四面八方。所以，在诗歌创作中，必须拓宽视野，放开眼界，既要看到贫困户的变化，

散文篇

还要剖析它变化的由来；既要看到当前，还要预测它的未来；既要看到它的内在动力，还要分析它的外在因素；既要写十八大以来渠县变化的新篇章，还要写全国和省、市变化的新美景。只要立足高，看得宽、看得远，认真思考，多加磨炼，就能创作出满意的诗歌作品。

三、抓住典型，塑造形象

目前脱贫奔康的洪流席卷全国，响彻云霄。我县在波澜壮阔的脱贫攻坚战斗中，创新了许多新鲜的经验，涌现了大批的好人好事。我们应该去捕捉这些典型人、典型事，用心用情去了解他们、解剖他们，本着来源于生活，又高于生活的规律，从艺术的高度去雕塑他们。只有如此，才能使作品有吸引力、感染力、生命力，才能使作品精彩纷呈，引人入胜。

为了礼赞今年中国共产党十九大的胜利召开，我们计划并报县文联批准，编辑出版《小康路上》诗歌集，征稿启事已印发给大家了，今天这个会算是一个开头，请大家敞开胸怀，畅所欲言，坦诚交流。清明节即将来临，会有许多同志回乡祭祖，可以借机走访贫困村、贫困户。尔后，在四月份还将组织采风小分队，分片区采风，请能身体力行的同志在会后报名登记，做好安排。

相信大家一定会肩负时代使命，勇于担当，加倍努力。朝受命、夕饮冰，把握时代脉搏，聆听时代声音，唱响时代歌声，创作更多更好的诗歌作品，向党的十九大献礼！

谢谢大家！

2017 年 3 月 27 日

第四章　试论我国社会主义
初级阶段的历史必然性和长期性

我国正处在社会主义初级阶段，这是党的十一届三中全会以来，党中央对社会历史的发展和现状作出的科学分析。这个理论不但符合中国的国情，也符合马克思主义的基本精神，因为，中国社会主义的发展有其自身的历史必然性和长期性。不认识到这一点，我们就会犯"左"的或右的错误，也就会贻误社会主义建设事业的发展。

马克思主义的历史发展论告诉我们，人类社会是依照一定的规律发展。人类从原始社会，经奴隶社会、封建社会、资本主义社会发展到社会主义社会，是一个漫长的历史过程；而这期间的每一个社会形态发展的时间、过程、形式、内容又不相同，但有一条是相同的，那就是从低级向高级，由不成熟到成熟，最后发展到比自身更高的社会。在欧洲，在美洲，乃至整个世界都无一例外。美国是一个由欧洲人和土著居民共同建设起来的国家，在殖民统治下，美国的经济发展也十分缓慢；独立战争以后，美国摆脱外国的侵略，才走上独立发展的道路；世界工业革命，大大地提高了生产力，美国才逐渐发展起来了，它绝不是在一个早晨就发展起来的。我们也可以看看苏联，它是一个由农奴制发展而来的国家，第一次世界大战后，苏联在以列宁为首的布尔什维克党的领导下，积极发展生产力，经过艰苦卓绝的斗争，才建立起了社会主义制度，并使经济有一个大的飞跃。总之，任何国家，无论哪种社会制度，都一定要经过其自身的发展过程，才能达到更高的层次。

我国的社会主义，毫不例外的是从旧社会脱胎而来的，所不同的是它是在半殖民地半封建社会的基础上发展而来的。自元、明以来，中国的经济就开始出现了封建经济和资本主义经济相并存的现象。长期的封建统治和传统的封建意识，使中国资本主义发展出现了少有的受压抑状况。如像江南的丝织业中最早出现资本主义萌芽，这与英国乃至整个西欧开始的以纺织业为先导的产业革命差不多。但是，中国的丝织业在机械、规模等方面却未能形成世界性的影响，就是因为有传统的重农抑商、抑工的思想阻碍。1840 年的鸦片战争，使中国经济政治主权遭到了空前的破坏。辛亥革命前后，中国的民族工业才得到一定的发展，但那是一个政治上无自主权，经济上无自主权的社会。直到中华人民共和国成立，中国人民才有了自己真正发展经济的历史。在过渡时期，我国人民在中国共产党领导下，一方面医治战争的创伤，一方面积极发展生产。在这个特殊的历史时期，我们很快地完成了对资本主义工商业的社会主义改造，建立起社会主义的生产关系，这就使我国的社会主义进入到发展社会主义经济的特殊阶段—社会主义初级阶段。

我国的社会主义初级阶段的特殊性，主要是由这样两个方面决定的：

第一，我国的社会主义逾越了资本主义充分发展的阶段，直接由半殖民地半封建社会进入社会主义社会。中国近现代史的一百多年间，经过各派政治力量的反复较量、经过旧民主主义革命的多次失败和新民主主义革命的最终胜利，中国人民才选择到拯救中国的社会主义社会，这就区别于任何以往的社会，这也是社会历史发展进程中共性与个性相结合的产物。社会制度的变革，是由生产力与生产关系这一基本矛盾所决定的，又是多种社会因素作用的复杂社会过程。历史唯物主义认为，人类历史必然依照经历的五种社会由低到高不断发展，这是社会发展的一般规律和一般顺序。但并不是要求所有国家和民族都要依次经过这几种社会形态，都要在每种社会形态获得充分发展之后，才能进入更高一级的社会形态。依照一般规律和一般顺序，并不排除某一国家或民族发展过程中出现不同飞跃，而呈现出特殊性。如果把人类历史发展的一般过程当作一种公式和模式，主观要求一切国家必须按照这套程序来发展，那就在实际上否定了矛盾的特殊性，那是错误的。历史的发展，一点也不排斥各个国家历史的个别发展阶段在发展的形式和顺序上表现出来的特殊性，反而以此为前提。西欧没有经过奴隶社会的充分发展，却发展出了相当典型的封建主义制度，又最早产生了资本主义制度。美国没有经过封建社会，就发展为高度发达的资本主义制度。我国经历的半殖民地半封建社会，则是许多国家没有经历过的特殊阶段。马克思主义的创始人及其传承者，都论述了社会主义能够在资本主义发展的最脆弱的链条上出现。历史上的社会主义却在一些资本主义不发达的，甚至是很不发达的国家里取得胜利，是许多人料想不到的，包括马克思主义的创始人也未曾料到。我国在特定的历史条件下，避免了资本主义发展，而直接建立起社会主义，这是历史的进步，是中国社会主义建立基础的特殊性的所在。

第二，我国建设社会主义同样不能逾越商品经济充分发展的阶段。半殖民地半封建社会给我们留下了生产力不发达、商品经济不发达、经济文化落后的社会背景，不改变这种状况，社会主义难以获得充分巩固的物质基础。要获得这个物质基础，就必须大力发展商品经济。当然我们也必须清楚地看到要改变商品经济不发达、经济文化落后的状况不是短期内能够办到的，因为生产力的发展是一个长期积累的过程，人们可以创造、发展生产力，但不能自由地选择生产力，更不能超越生产力发展的自然阶段，因而也就不能自由地选择由生产力发展水平决定的自己所处的社会发展阶段。生产力的发展要求生产关系或经济形式与之相适应，商品经济作为一种经济形式，不是资本主义制度固有的产物，更不是它独有的。商品经济曾在奴隶社会、封建社会里对社会经济的繁荣起过重要的作用，只是在资本主义社会里，才获得了充分的发展，从而有力地促进了生产力的巨大进步与生产的社会化和现代化罢了。事实证明，在人类社会经济发展的一定阶段，商品经济可以促进生产力的发展。要实现现代化，完成社会主义初级阶段的总任务，同样离不开商品经济的发展。商品经济可以促进生产力的发展，商品经济的充分发展是社会经济发展的客观过程，是不可逾越的阶段。如果我们在商品经济的历史作用还未得到充分发挥的社会主义初级阶段，就急于取消商品经济，或者认为社会主义经济发展不需要商品经济的充分发展，那都是要吃亏的，我国三十多年来的曲折发展历史就是一个很好的教训。

在我国，社会主义一定要经过初级阶段这个历史过程是毫无疑问的。那么，初级阶段需要多少时间才能完成呢？十三大报告认为需要近100年的时间，这个论断是正确的。其原因有以下三点：

一、客观事物的发展必定要经过量变到质变的过程，这是马克思主义的基本观点之一。社会主义初级阶段是客观事物，它也离不开这个规律，从人类社会的发展和中国革命的历史看，社会主义的发展要经过几个历史阶段才能完成。苏联在社会主义制度确立后曾宣布很快使人民过上共产主义生活，结果并非如此。我国历史上也有过"跑步进入共产主义"的历史教训。

二、我国的社会主义基础薄弱，这是个不容忽视的社会现实，十亿人口，有八亿农民；土地辽阔，贫困地区多；文化历史悠久，封建束缚严重；物产丰富，商品经济不发达等。如果我们不清醒地看到这一点，错误地认为社会主义制度比以往的任何社会制度都优越，就可以不顾现实，超越历史的想象在某一个早晨完成初级阶段的历史任务，或者因为大家都不愿过贫困的日子，就发表一篇文章来宣布初级阶段已经完成，那都是错误的，都不是马克思主义的态度。有的同志认为我们搞了几十年的社会主义才是个"初级阶段"，而且还要半个世纪才能完成，看样子，我们是无望过更高级的社会了，他们有些不服气；也有的同志认为社会主义初级阶段既然需要那么长的时间才能完成，何不慢慢来，到时候总是要完成的。社会主义初级阶段是一个相当长的历史时期，完成社会主义初级阶段的使命，是我们长期的任务。生产力的发展是一个渐进的过程，任何不现实的想法和做法，都必然要遭到历史的惩罚。

三、要完成社会主义初级阶段的历史任务，首先要依靠中国人民的共同努力，还要依靠先进的科学技术和安定的国际环境。我们也应该清醒地认识到在社会主义初级阶段同样会有曲折，同样离不开科学的进步和民族素质的提高。当然，我们强调社会主义初级阶段发展的长期性和艰苦性，并不意味着怀疑社会主义一定能够过渡到更高级的发展阶段，乃至共产主义。我们是有能力、有条件、有信心完成社会主义初级阶段的历史使命的！

（1984 年撰稿，发表于《达县社科论坛》）

散文篇

201

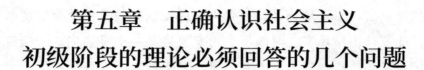

第五章　正确认识社会主义
初级阶段的理论必须回答的几个问题

　　社会主义初级阶段的理论，是对我国国情最科学的概括，是中华人民共和国成立以来正反两方面实践经验的科学总结，是全党和全国人民集体智慧的结晶。它不仅为指导我国现阶段的建设和改革奠定了理论基础，而且发展了科学社会主义的理论，丰富了马克思主义的理论宝库。是我们建设有中国特色社会主义的立足点和出发点，是我们在建设和改革中防止"左"的和右的错误倾向的有力武器。为在我国现行条件下，如何建设社会主义，迅速发展生产力，赶上发达国家指明了方向。但是，这里需要指出的是，再好的理论也有被曲解被庸俗化的可能。目前，就有少数同志对这一理论还不理解，思想上存在着一些模糊认识和疑虑，产生一些错误的说法。主要有：一是"辩护论"，认为社会主义初级阶段理论是为我国的落后状况辩护、开脱，寻找借口；二是"倒退论"，认为社会主义初级阶段理论是为"补资本主义的课"制造理论依据，使国家倒退回资本主义；三是"泄气论"，认为社会主义初级阶段理论是"给群众泼冷水"。

　　我们觉得针对这些错误认识，必须正确回答以下三个问题：

　　一、社会主义初级阶段理论究竟是改变落后面貌，加快富强步伐的思想武器呢，还是"辩护论"？

　　党的十三大的一个最重要的理论成果，就是首先系统地阐明了

202

社会主义初级阶段的理论，但是有些人感到不理解，他们议论："建国三十多年了，经济建设没有搞上去，还是穷帽子压头，没法解释，只好来个初级阶段理论了事。""初级阶段是个筐，说不清楚的事情都往里面装，初级阶段理论是护身符，改革中出了问题都拿它来作掩护。"一句话，把"初级阶段"理论说成是"辩护论"，是为落后开脱。显然，这是不对的，而恰恰相反，是指导我们改变落后，建设民主富强国家的思想武器。这是因为：

1."初级阶段"理论是对我国基本国情的总体性概括，绝不是主观臆造的。社会主义社会是一个相当长的历史阶段，它的发展是循序渐进的，而且是有一定阶段的，在其发展的每一个阶段上必须有自己的特点和规律。我们要建设有中国特色的社会主义，就必须研究我国现阶段社会主义的特点和规律，按中国自己的具体情况办事，也就是必须广泛深入地了解国情、研究国情，明确我国现阶段社会主义社会所处的实际情况，找到适合中国社会发展的客观规律。党的十三大经过长时间的反复探索，明确提出了我国还处在社会主义初级阶段的论断，正是对我国基本国情的总体性概括。现阶段，我国的社会生产力还比较落后，生产资料公有制不成熟，还存在以公有制为主体的多种经济成分。商品经济还很不发达，社会主义计划经济也只能是低水平的以市场机制为基础的计划经济，还存在着以按劳分配为主体的多种分配形式，社会主义上层建筑还很不完善。这种情形，正是社会主义社会的基本特征和当前我国基本国情相结合在"初级阶段"的具体体现。因此，十三大报告指出："这种状况说明，我们今天仍然远没有超出社会主义初级阶段。"我们深深感到这一理论概括得正确，完全符合我国的实际，它既体现了社会主义的性质，体现了社会主义发展的不完善，又体现了我国社会主义的现实发展水平，揭示了我国现阶段的社会本质，标志着我党对我国基本国情认识的深化。

2."初级阶段"理论来之不易，是马克思主义与我国社会主义建设实践的结合，是对社会主义再认识的重大理论成果。社会主义的发展阶段问题，是资本主义不发达国家进入社会主义后，在实践中提出的一个新的理论课题，也是建设有中国特色社会主义的一个带根本性的问题。我们党经过多年艰辛曲折的探索，以马克思主义关于社会主义社会发展阶段的思想为依据，并总结和借鉴国际共产主义运动和我们国家正反两方面的经验教训。在十三大明确提出"我们还处在社会主义初级阶段"的科学结论，是我们党对社会主义再认识的突出理论成果，是对马克思主义关于未来共产主义社会发展阶段理论的丰富和发展。我们党提出这一理论是经历了曲折的发展过程的，在对生产资料私有制的社会主义改造基本完成以后，标志着社会主义制度在我国的确立。当时讲我们已进入社会主义，进入了但尚未完成，更不能说已经完成。这说明党对我国社会主义的发展进程的认识是实事求是的，比较清醒的。从1958年到1978年，我们党对我国社会主义的发展进程的认识和实践表现，说明我们把社会主义社会和共产主义社会混合了，没有认识到进入共产主义社会之前需要经过一个相当长的社会主义若干个发展阶段，更没有认识到我国还必须首先经过社会主义社会的初级阶段。这种要在一个较短的时间内就进入共产主义社会的想法，显然违背了社会主义社会发展的客观规律，完全脱离了中国的社会实际，在实践中造成了巨大的危害。党的十一届三中全会以后，通过拨乱反正，在对待社会主义社会发展阶段问题上，我们党纠正了过去一系列"左"的错误。从我国的历史和现实出发，从我国的具体国情出发，不断使社会主义进行的认识更深化，明确提出了我国现在仍处在社会主义初级阶段，这就为今后扎实地进行社会主义建设，提供了一个坚实的思想基础和正确的理论指导。

3."初级阶段"理论是正视现实、改变落后状况的指针,十三大报告指出:"正确认识我国社会主义现在所处的历史阶段,是建设有中国特色的社会主义的首要问题,是我们制定和执行正确的路线和政策的根本保证。""初级阶段"理论明确告诉我们,我国的社会主义还不成熟、不完善,还带有旧社会的许多痕迹,总的来说生产力水平还比较低,科学文化还不发达。过去,我们曾过多地估计所取得的成就,掩饰以至否认落后,造成了不良后果。毛泽东曾经说过:"认清中国社会的性质,就是说,认清中国的国情,是认清一切革命问题的基本的根据。"(《毛泽东选集》第 2 卷第 596 页)执政党必须对本国社会主义发展阶段有一个清醒的认识,才可能避免犯"左"的或右的错误,才能制定出符合本国情况的建设社会主义的正确路线、方针和政策,保证党的根本方针和基本政策具有相对稳定性,而不是朝令夕改。中华人民共和国成立以来的历史清楚地告诉我们,凡是脱离了当时的国情,脱离了社会主义初级阶段的现状和特点,党的路线、方针和政策就会发生失误。现在明确确认我国还处于社会主义初级阶段,这就使我们保持头脑清醒,避免犯"左"或右的错误,有利于党的方针政策的相对稳定,有利于社会主义建设事业沿着正确的轨道顺利向前发展,尽快改变我国的落后面貌。如果唱高调,把"初级阶段"误认为"高级阶段",就会陷于盲目性使我们重蹈覆辙,更加落后。

二、社会主义初级阶段理论究竟是对社会主义再认识的科学指针论断呢,还是"倒退论"?

围绕农村改革,曾经展开过姓"社"还是姓"资"的争论。随着改革的深入,私营企业、中外合资、企业承包租赁、劳务与技术进入市场等纷纷出现。有的同志把这一现象同"初级阶段"理论联系起来，担心公有经济成分减少，资本主义因素增多，会降低社会主义的标准。有的同志甚至说，"初级阶段"理论说的是社会主义，而实际上是要"补资本主义的课"。我们认为，"初级阶段"理论不是"倒退论"，也不是要"补资本主义的课"，而是把社会主义的认识建立在科学的基础之上。这是因为：

1. 社会主义初级阶段不可逾越。我们说，在中国具体历史条件下，可以不经过资本主义的充分发展阶段进入社会主义。但是，社会主义应该建立在工业化的高度发达的生产力基础之上，只有建立在这样的基础之上，社会主义才是够格的，才能充分体现出对资本主义的优越性，而这样的一个发展过程，则是不可逾越的。生产力的发展，商品经济的发展，必须有一个过程，由于半殖民地半封建社会遗留下来的这个非常落后的基础，加之我国的社会主义过渡时期又比较短，不可能根本改变这样一个基础。这就决定了我们必须在社会主义条件下，去实现别的许多国家在资本主义条件下实现的工业化和生产的商品化、社会化和现代化的任务，建立起社会主义应具有的发达的生产力基础、商品经济基础。正因为我们逾越了资本主义充分发展的历史阶段，就必须要经历一个不可逾越的社会主义初级阶段。

2. "初级阶段"理论是以生产力作为衡量社会发展的标准。从十一届三中全会开始，我们党坚决摒弃了"以阶级斗争为纲"的观点，阶级分析的方法仍然有用，但已不再是分析社会和国情的根本的和唯一的方法；重新树立了发展生产力的马克思主义观点，恢复了生产力决定一切的历史唯物主义观点，这就为我们党重新认识国情和社会主义，正确判断我国社会所处的历史阶段奠定了思想基础。十三大报告指出："一切有利于生产力发展的东西都是符合人民利益的，因而是社会主义所要求的或者是社会主义所允许的，一切不利于生产力发展的东西，都是违反科学社会主义的，是社会主义所不允许的。"把生产力作为根本的标准衡量我们改革的思想、观念、措施、办法的是非，我们就可以解放思想，大胆探索，不受各种僵化观念的束缚，不至于在改革中顾虑重重，从而理直气壮地干社会主义。

3."初级阶段"理论以发展生产力为根本任务，其社会主义的性质不会变。马克思主义认为，一切社会发展的最终决定力量是生产力，生产力水平提高了，经济发展了，才能有效地使社会主义制度不断成熟、完善。在初级阶段，我们在坚持公有制为主体的前提下发展多种经济成分。发挥它们对社会主义公有制经济的有益补充作用，并采取发达资本主义采用过的、适应我国国情的发展商品经济的经营方式，都是为了发展整个社会生产力，这绝不会使我们的社会主义演变成资本主义成分。初级阶段虽然存在多种所有制形式，但公有制始终占统治地位；虽然多种分配形式并存，但按劳分配的主导地位并没有改变，因此不存在什么姓"社"姓"资"的问题。

4."越大越公越纯"不等于社会主义。过去，由于受"左"的错误的影响，我们长期把发展生产力的任务推到次要地位，在社会主义改造基本完成后还"以阶级斗争为纲"。许多束缚生产力发展的，并不具有社会主义本质属性的东西，或者只适合于某种特殊历史条件的东西，被当作"社会主义原则"加以固守；许多在社会主义条件下有利于生产力发展和生产商品化、社会化、现代化的东西，被当作"资本主义的东西"加以反对，从而形成了关于社会主义的许多固有的传统观念。这些观念，我们过去习以为常，视为天经地义了，似乎社会主义就是这个样子，而不能偏离丝毫。于是，大而公又纯就是社会主义，大搞"穷过渡"，结果阻碍了生产力的发展，导致了贫穷。"初级阶段"理论把生产力作为根本任务，就是要大力发展经济，使人民富裕国家富强，真正显示出社会主义的优越性，这正是坚持了科学社会主义。

三、社会主义初级阶段理论究竟是建设有中国特色社会主义的指南呢，还是"泄气论"？

少数同志对"初级阶段"理论产生了一种错觉，认为这一理论否定了几十年来的成就。"干了三十多年，还是初级阶段"，听起来逆耳，想起来泄气，会挫伤人民群众的积极性。我们认为，"初级阶段"理论不是"给群众泼冷水"，不是"泄气论"，而是鼓舞人民建设社会主义的强大精神动力。这是因为：

1."初级阶段"理论使社会主义更现实了。在社会主义改造基本完成以后，我们在迅速到来的社会主义改造的胜利面前滋长了骄傲情绪，急于求成，夸大了主观意志和主观努力的作用，认为既然能在短短几年时间里把一个半殖民地半封建社会改造成一个崭新的社会主义社会，也完全能够在较短的时间里把社会主义建设成为共产主义社会。在这种思想指导下，"左"倾错误严重泛滥起来，盲目冒进，大搞"大跃进""人民公社运动"，以为我们离共产主义社会不远了，要"跑步进入共产主义"，这种想超越历史发展阶段的错误认识和实践，违背了社会发展的规律，延缓了我国现代化的进程，党和人民为此付出了巨大的代价，使社会主义未能充分发挥出应有优越性。

"初级阶段"理论使社会主义有了更现实的实践基础，它勾勒的社会主义的轮廓，不再是高不可攀，而是看得见的彼岸，迈一步便近一步，这就使社会主义增强了凝聚力和吸引力。

2."初级阶段"理论使人们更有奔头了。"初级阶段"理论告诉人们，社会主义就是发展生产力，在发展生产的基础上提高人民

208

的物质文化生活水平，让人民得到更多的实惠，这样，社会主义比资本主义优越就不是一句空话。十三大报告指出，"初级阶段"从贫穷落后的状态开始，达到摆脱贫穷、落后，基本实现现代化结束；从农业人口占多数的手工劳动为基础的落后的农业国开始，变成非农业人口占多数的现代化的工业国结束；从商品经济不发达，自然经济、半自然经济还占有很大比重的状态开始，到商品经济充分发展起来结束。在这一阶段，要全民奋起，艰苦创业，实现中华民族的伟大复兴，前景辉煌，催人奋进。

3."初级阶段"理论为群众撑了腰，壮了胆。由于长期受"左"的思想束缚，人们想为社会主义多做贡献，却提心吊胆，怕"扣帽子""割尾巴"，有劲儿使不上，想干干不成。近几年的改革、生产很有起色，但是有些同志还是有姓"社"还是姓"资"的疑虑，心里还是不那么踏实。"初级阶段"理论打开了精神枷锁，使改革有了坚实的理论基础，为发展经济开辟了广阔天地，它是鼓舞人民振兴中华的巨大精神力量，《四川日报》刊登的《杨大发卖车买车记》就是生动的一例：渠东乡运输专业户杨大发担心政策有变，在十三大召开之前，把车卖掉了；当他收听了十三大报告后，又把卖掉的车买了回来，奔驰在致富的光明大道上。事实告诉我们，有了这个理论，就会使亿万人民长期蕴藏着的积极性、创造性焕发出来，在各行各业施展才能，创造光辉业绩，社会主义事业必将出现一个万马奔腾、蓬勃发展的新局面。有了这个理论，人民对十一届三中全会以来的路线、方针、政策的理解就会更加深刻，贯彻执行就会更加自觉，更加坚定。

社会主义初级阶段理论符合国情，催人奋进，为什么有的同志还有担心和疑虑呢？这首先是长期受"左"的思想的束缚和旧的习惯势力的影响；然后是对党的实事求是的思想路线缺乏真切的了解，对"初级阶段"理论的重大意义认识不深。因此，当前在思想领域中迫切需要实现三个转变：一是习惯唱高调，鼓虚劲转到求实务实上来；二是从习惯固守老观念转变到适应新变化，接受新思想上来；三是从小生产狭隘意识转到现代化商品意识上来。只有这样，我们才能跟上时代的步伐，适应改革、开放的新环境。

（1984 年与邓建秋合作撰写并发表于《通川报》）

第六章　简述抗日游击战争

——纪念抗战胜利 50 周年

中国抗日战争是一百多年来中国人民反抗外敌入侵第一次取得完全胜利的民族解放战争，它又是世界反法西斯战争的一个重要组成部分。在十四年抗日战争中，中国共产党领导的八路军、新四军和民兵、游击队，同广大人民群众密切结合，在敌后开展了广泛、规模空前的独立自主的游击战争，开辟、建立、发展和巩固了许多抗日根据地，使游击战争这一古老的作战形式，在中国革命战争史上，演出了空前伟大的一幕。这对保证抗日战争的胜利，发展和壮大人民力量起了决定的作用。

在纪念抗战胜利 50 周年之际，让我们来重温毛泽东同志的人民游击战争的战略理论，不能不说是一件具有十分重要意义的事情。

一、抗日战争是毛泽东军事理论的重要组成部分

在抗日战争时期，毛泽东同志创造性地运用马克思主义的辩证唯物主义和历史唯物主义的观点、方法及其对人民游击战争的论述，融汇了中华民族传统军事文化的精华，总结了土地革命时期游击战争的经验，针对抗日战争的特点，先后撰写和发表了《关于独立自主的山地游击战原则》《抗日游击战争的战略问题》《论持久战》等有关游击战争的重要军事理论文章。科学而详尽地阐述了根据敌我力量对比，战争形势和任务的变化，适时实行以改变主要作战形

散文篇

式为基本内容的军事战略转变，系统地研究和回答了抗日游击战争的战略地位；游击战争对整个抗日战争起着决定作用以及有关游击部队建设和游击战术等一系列重大问题。在毛泽东军事思想的指导下，党中央、中央军委、八路军总部以及各战略区、各根据地的党政军领导人，包括刘少奇、周恩来、朱德、刘伯承等无产阶级军事家、政治家，撰写了大量有关游击战争的军事理论文章，对游击战这种群众性、分散性、流动性的作战形式作出了诸多方面的研究和理论阐述，集中论述了游击战争基本的战斗方式—袭击；提出了保存和发展游击队的关键在于掌握战争的主动性原则；提出了在游击战争中灵活运用兵力的分散、集中、变换三原则；提出了利用战术突然性，出其不意攻击敌人的重要意义；指出了速决战是游击部队所应遵循的一个重要原则；指出了没有固定战线，像流水疾风一样转移兵力，迅速移动位置，随时捕捉战机，神出鬼没地打击敌人是游击战争的基本方法等；创造出了符合中国抗日战争特点的一整套组织人民群众开展游击战争的方式、方法和战略战术原则。标志着人民游击战争战术理论的成熟，标志着游击战争成为毛泽东军事理论的重要组成部分。

二、抗日游击战争的战略地位

抗日战争爆发后，由于敌情发生了重大变化，中国共产党的军事战略方针也随着发生了重大转变，即由国内革命战争后期的正规战争转变为抗日战争前期（包括战略防御和战略相持两个阶段）的游击战争。从 1937 年 8 月，中共中央洛川会议作出了在敌人后方放手发动群众开展独立自主的山地游击战争的决定以后，党中央、毛主席发出了一系列关于抗日游击战争的战略方针的指示，进一步阐明了独立自主的山地游击战的战略地位和基本原则。毛泽东同志说："在华北，以国民党为主体的正规战争已经结束，以共产党为主体的游击战争进入主要地位。"①指出在华北局势危急情况下，中国共产党的"根本方针是争取群众、组织群众的游击队"②，"要告诉全党，今后没有别的工作，唯一的就是游击战争（要发动党内党外）"③。在党中央、毛主席的上述一系列指示的指引下，八路军和新四军在华北、华中前线很快取得了巨大胜利，发展壮大了人民抗日力量，沉重地打击了日本侵略者，有力地配合了国民党正面战场的作战。

但是，当时在党内外仍有些人轻视游击战争的重大战略作用，特别是王明回国后，竭力反对游击战争，否认游击战争在抗日战争中的战略地位。毛泽东同志为了指导全党全军继续坚持执行独立自主的敌后游击战争的战略方针，批驳党内外轻视游击战争的错误观点，于 1938 年 5 月，先后发表了《抗日游击战争的战略问题》《论持久战》两篇著名文章，对为什么抗日游击战争能够具有重要的战略地位的问题，进行了科学的、精辟的理论阐述。他指出，把抗日游击战争提高到战略地位上来，绝不是偶然的，其主要的客观依据是：

第一，强国进攻弱国，敌人占地甚广，但又是小国进攻大国，敌人兵力不足，只能占据某些大城市和交通要道，在他的后方和广大乡村，必然留下很多空虚的地方。这就使以农民为主体的游击队能在农村长期存在和发展，因而决定了抗日游击战争主要不是在内线配合正规军的战役作战，而是独立自主的外线作战。

第二，由于抗日战争发生在进步的时代，有共产党的领导，共产党制定的政治路线、军事路线，能够发动广大人民群众克服困难长期坚持抗战，所以抗日游击战争不是小规模的，而是大规模的战争。

第三，敌强我弱，规定了战争的长期性和残酷性，这就要求游击战争开创抗日根据地，又依托根据地，粉碎敌人的进攻。随着根据地的扩大，将以我之割据来包围，缩小以至铲除敌占区，直到最后全部收复失地。

第四，随着战争中敌人力量被不断削弱，我方力量的不断增强，游击队和游击战也必然向正规部队和正规战争发展，担负起战略反攻的伟大任务，取得抗日战争的最后胜利。

因此，毛泽东说："于是中国抗日的游击战争，就从战术范围跑了出来向战略敲门，要求把游击战争问题放在战略的观点上加以考察。"

三、抗日游击战争的巨大威力

在党中央、毛主席制定的游击战争的方式、方法和战略战术原则的指导下，八路军、新四军开赴敌后，放手发动群众，建立抗日游击根据地。许多共产党员脱下长衫参加游击队，开展了一场规模空前的游击战争。不仅地方部队和广大民兵进行游击战争，而且我军主力部队也以分散游击为主，集中作战为辅，特别是在斗争环境十分困难的1941—1942年，我军曾广泛地实行了主力部队地方化，大大提高了游击战争的水平。当然，在抗日战争中，我军也进行过一些运动战，但这些运动战一般规模较小，多为战术性的运动战，而且主要目的是在于粉碎日军的扫荡、包围，打击顽军。开辟新解放区，为开展游击战争创造条件，但当为了粉碎敌人的进攻而不得不采取相对集中的运动战时，游击战又变为分散、牵制敌人，成为运动战创造条件的辅助手段。游击战与运动战的密切配合，使游击战争发挥出了巨大的威力。

游击战争的作战方法更是丰富多彩，这在人类战争史上算是首屈一指的。最具有代表性的有：由主力部队抽调骨干组成的、深入敌后开展政治、军事、经济、文化等全面斗争的武装工作队斗争形式；有以地雷为主要武器的地雷战；有依托地道以劣势装备粉碎优势装备之敌进犯的平原地道战；有造成敌人心理紧张，分散敌人兵力、注意力，造成敌人失误以配合其他作战的麻雀战；有一方受敌八方支援的联防战；有专门指向敌人通信、交通运输的破袭战，以及铁道游击战、水上游击战、海上游击战，等等，形成了陷敌于灭顶之灾的人民游击战争的汪洋大海。

抗日游击战争是以毛泽东为代表的中国共产党和中国人民的一项伟大的军事创举。正是通过这种游击战争，坚持了抗战，坚持了持久战，最后战胜了装备精良实行正规作战的日本帝国主义侵略军，使人民力量在战争过程中迅速发展壮大起来。中国共产党领导的人民军队从战争开始时的四万人，发展到战争结束时的一百三十余万人，拥有土地一百零四万平方公里，人口一亿二千五百万，"把自己造成为粉碎日本帝国主义的决定因素之一"④。

四、对我们的深刻启示

抗日游击战争是毛泽东同志把马克思主义辩证唯物主义和历史唯物主义的世界观和方法论运用于军事领域的重要成果。他运用辩证唯物主义实事求是的观点，从抗日战争的实际出发，适时地提出了战略方针的转变。他从历史唯物主义的群众观点出发，揭示了人民群众在战争中的决定作用，指导全党和全国人民英勇奋战，取得了抗日战争的伟大胜利。辩证唯物主义和历史唯物主义的实事求是、群众观点这两个基本观点，不仅贯穿于毛泽东的军事理论，而且贯穿于他的整个理论。党的十一届三中全会作出党的工作重点转移的决定和改革、开放、搞活方针的确立，邓小平同志建设有中国特色社会主义理论的创立，都无一不是在新时期新形势下创造性地运用辩证唯物主义和历史唯物主义中实事求是、群众观点这两个基本观点的光辉成果，因而成为毛泽东思想新发展的重要组成部分。当前，在邓小平同志建设有中国特色的社会主义理论和党的路线、方针、政策的指引下，社会主义现代化建设取得了举世瞩目的成就，国家面貌发生了深刻的变化，人民生活质量有了明显的改善，生活水平显著提高。在这种新形势下，我们在任何时候、想任何问题、办任何事情，都应当以辩证唯物主义和历史唯物主义实事求是、群众观点这两个基本观点为出发点，又以这两个基本观点为归宿，这是区分共产党人是否坚持马克思主义世界观和方法论的一块十分重要的试金石。这是我们重温毛泽东抗日游击战争理论和抗日游击战争历史所得到的深刻启示和应当永远牢记的教益。

以上是我的一点肤浅之见，请指正。

注：

①《上海太原失陷以后抗日战争的形势和任务》，《毛泽东选集》第2卷，人民出版社1964年版，第358—359页。

②《在华北局势危急情况下我军应坚持游击战争方针》，《人民日报》1981年7月7日。

③《整个华北工作应以游击战争为唯一方向》，《人民日报》1981年7月7日。

④《毛泽东选集》，人民出版社1964年版，第518页。

第七章 回顾我的艰险历程

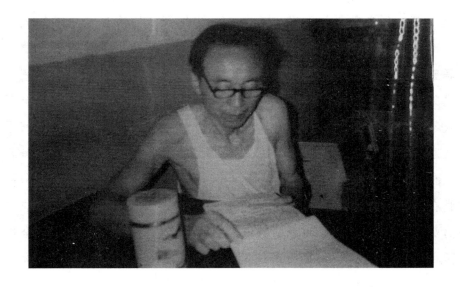

　　我从来不爱讲自己的经历，生怕别人笑话，说我"王婆卖瓜，自卖自夸"。但到了我这个年龄，过去经历的一些事情，又自觉或不自觉地在脑海里打转转。于是，我就鼓起勇气，把自己鲜为人知的经历记下来，也许能够给人们一些启示。

　　1933年9月，红军到静边乡（今白兔乡，时属静边乡）的寇家坝上文昌官建立了村苏维埃。我家住在这个小庙子的偏房，为了村苏维埃的公用，就把家搬回离这里一百米左右的老屋。那时我才四岁多点，什么事都不懂，只晓得每天中午拿着碗筷到村苏维埃食堂甄子侧边去要白米饭吃。食堂工作人员并不笑话我，反而用手掌摸摸我的头,或者用双手捧一捧我的脸蛋。因为在家里很难吃到白米饭,红军的白米饭,吃起来特别香。红军在这里打土豪,分田地,开仓济贫,搞得热火朝天。红军撤走后,还乡团捕杀村苏维埃的干部群众,我父亲因参加赤卫队而遭到追捕,对这些事态,当时我不晓得是怎么回事,这些都是我父亲后来讲给我听的。"红军饭,喷喷香"给我留下的印象太深刻了,每当我想起吃红军饭的滋味就垂涎欲滴。

据我父亲说,红军撤走后,土豪劣绅还乡团疯狂捕杀苏维埃的干部和游击队员。仅一天时间,就在矮平桥河边用刀砍死了寇德山等五名村苏维埃干部和游击队员。其中,寇良仕被砍伤后当场活埋。我父亲跑得快,才躲过了这场劫难。为了活下来,1935年秋,全家人不得不搬迁到偏僻的楼府顶的穷山沟去了。1937年秋,又搬回了寇家坝寺岩村的燕窝垭口居住。从1938年春,我就开始在上文昌宫上私塾,后又辗转于下文昌宫和八庙静边等地读小学。时隔15年后,我在县城私立来仪中学(现二中)读高中。那时,正是新中国成立的那一年,国民党反动派除在正面战场上负隅抵抗解放军解放全中国之外,还在他们控制的国统区,布下天罗地网捕杀共产党人和革命志士。"反共、剿共、溶共、灭共"之声甚嚣尘上,可在来仪中学校内的气氛却显然不同,因为这所学校里的二十多名教职员工中有三分之二的人是共产党人和民盟成员,连川东营渠达地工委委员熊杨、城关特支书记任乃忱以及民盟支部成员李绍文都是这个学校的领导和教员。他们都利用课余时间,给学生讲时事,大讲解放军在正面战场上的胜利消息,特别是任乃忱讲得最多、最起劲。每周星期六的下午课外活动时间,都在初一班的教室里讲时事,学生自由参加,我每次都去听,听得津津有味。加之我又在为他刻印地理课的讲义,与他接触最多,在他的办公室和寝室进进出出,毫不拘束。有一次,我向他借课外书籍看,无心问道有心人,他也猜想我是不是看到了他的什么秘密，于是他就借了一本艾思奇写的《劳动创造世界》给我读。其实我读了这本书，很多都不理解，只领会了一点唯物史观。

在此期间，任乃忱老师发现一位心怀鬼胎的学生，公开与他撞嘴。当晚在学生就寝后，就通知他到办公室，与军训教官朱华平（共产党员）一起追问他为什么要与老师作对。这名学生又闹又跳，更加顶撞起来。朱华平是个习武的军官，当过营长，就一拳打在他的脸腮上，鼻血直流，他便连声大喊"打死人啰"，睡在床上的学生群声四起，声援这个同学。这时任乃忱就急忙来到我的床边，低声叫我用寝室的纪律来制止学生的吼声。老师的话，百信不疑，我便利用寝室室长的身份高喊"不准吼""不准出门"，校方就把这名肇事者，以扰乱学校秩序为由，利用住在本校的县警察局科长张天锡（共产党员）的方便，把他押送到县警察局关了起来。次日晨，学校贴出布告，"开除了这名学生"，这个学生就灰溜溜地离开了学校。

放暑假时，我和所有的同学一样，正在收拾行装准备回家。任乃忱老师突然叫我"把行装搬到他的寝室去，为他守寝室"。老师的话怎能不听，我就高高兴兴地住在他那狭小的寝室里，和他面对面各睡一张单人床。他白天睡觉，晚上就外出了，天蒙蒙亮才回屋。他在第一天晚上出门时，把刘少奇在党的七大会上修改党章的报告《论共产党员的修养》一书交给我读，并嘱咐"天亮前把这本书送到河坎上垃圾堆里去深埋着，在晚上夜深人静时再掏回来读"。我就这样在煤油灯下读了七八个夜晚。一天下午，任老师就叫我汇报读了这本书的感受并问我愿不愿意参加共产党，我当即斩钉截铁地回答："愿意！"他又反复给我讲了共产党的性质和目的以及为共产主义奋斗的远景，然后又讲了加入共产党要履行的手续，接着我就照他所说的做了，先写了自传，写明了家庭经济状况、亲朋好友的社会关系、入党的动机等等。第二天晚上他把我的自传带着外出了，天快亮时，才回到屋里低声告诉我："批准你入党了。"随后，把我领到大操场的一角，举着右手向党宣誓："我志愿加入中国共产党……保守党的秘密，不怕牺牲，为共产主义奋斗终身。"

我回寝室后躺在床上，心潮澎湃，热血翻滚，怎么也睡不着。一幕一幕的往事，在脑海中掠过。想起了儿童少年时期，天天吃青菜萝卜，或红苕叶子拌高粱面糊糊的辛酸日子；想起了去年冬天保长吴俊才带着保丁拉我当壮丁，把我押送到乡公所关在牢房里，在乱草里过了七天七夜，还是渠中、来仪中学的一批同学声援，救出了我。他们说："若送我到县城验兵，就要在途中抢人。"乡公所就不敢把我往县城押送，于是摊派七昼夜的灯油钱，塞了一坨包袱，把我释放了……

一天夜里，我在睡梦中，任乃忱老师把我叫醒后，教我回家后怎样发展党员，怎样建立党组织，又要我把从渠城到我家的这一路线图绘给他。

第二天上午9时，我背起书包往家走。上路时，任老师叫我跟在熊运钜老师的身后，隔十来米的距离，护送他出城，若他在前面遇到敌情，就转身回校向他报告。我就这样随熊老师一前一后地走过了通城，因为那时，从南门到北门，只有街道是必经之路，直到北门讨口子湾，他朝青龙方向去了，我朝板桥方向回家了。新中国成立后我才知道熊运钜叫熊杨，当时是中共营（山）渠（县）达（县）地工委委员。

回到家乡后，时而在八庙、时而在白兔、时而又在静边，东奔西跑，按照任乃忱吩咐的办法，一个一个地宣传党的性质和主张、一个一个地串联，准备发展5名党员，由他负责审批。在一个正在收割稻谷的大热天中午，任老师扮着一副很阔气的绅士模样到了我家，带来了毛泽东主席的《新民主主义论》、中共中央的《中共中央土地法大纲》、陈云的《怎样做一个共产党员》等书交给我，叫我学习并在党员中传阅，然后又逐一审阅了5名同志的自传，批准他们加入了中国共产党，还找个别同志谈了话。第三天午饭后，我护送他到静边乡的龙滩子河边，眼见前面有人来接他了，按纪律规定，我不能同来人照面，他就叫我回家了。

这一年旧历八月初，任乃忱第二次到我家。在我家住了一宿，第二天就送他上路了，临走时向我交代："下学期开学时，你在家等我，见面后才去上学。"老师怎么说，我就怎么办，因为按纪律规定，不能打听别的。

开学后，我就在家里左等右等，一直等到9月26日的下午，任乃忱带着十分疲惫的神情到我家里，叙述了龙潭起义的概况，这时我才恍然大悟，原来叫我在家等他，是为了接应和掩护从龙潭起义中撤退下来的领导。接着又谈起了他从龙潭山上出来往我家方向走，途经李馥乡，遭遇到的异常惊险。他说，在李馥乡被义警抓去乡公所关在牢里，夜间他用衣袋里仅有的两块银圆，买通了看守他的两名警察，他们三人同时逃出来，各往不同的方向逃跑，这才脱了险。

第二天早饭后，叫我送他往营山方向去，我把准备上学的学费、生活费5块银圆作为党费交给他，供他在路上开支。上路后，他边走边给我布置任务，还叫我取个党名，我思索了一会儿，党要取得胜利，必须靠武装力量，于是就取名"武装"。约定他走后，有人要来接组织关系。对方问我"知不知道任杨"，我要问对方认不认得"武装"，如果对得上这两个暗号，就算接上了党的组织关系，只有这样才能交谈党的工作。直到我把他送到营山县界兴场街口时，他就叫我返回了。当然我知道，前面有人来接他了，但是，决不允许我看到来接他的人，当时叫作"单线联系"。

　　9月29日，早饭后我急急忙忙地背着书囊往学校走去，出门时还是大晴天，抄小路步行到城北盘庭垭时，就遇到了蒙蒙小雨，走进渠城，从北门到南门，都听到街头巷尾人声鼎沸，议论纷纷。有的说内二警在龙潭暴动中抓到几个共产党；有的说今上午在会仙桥河坎上把这几个共产党枪毙了；有的说那几个共产党真不怕死，临杀头还在高呼"打倒国民党""共产党万岁"。我肚子饿得咕噜噜地响，也顾不上进饭馆去充饥，也顾不上多听多想，三步并作两步走，直奔学校而去，因为我的书包里夹了一本毛主席著的《新民主主义论》，怎敢在街上逗留哩！于是昂起头、挺起胸，奋不顾身直奔来仪中学。

　　到了学校时，已经是下午3点多钟了。老师、学生都在上课，也顾不得肚子里在打洋鼓，到寝室里，眼看四下无人，就把《新民主主义论》藏在竹篾编制的箱子底层。然后就写学费和伙食费的欠条，去请校长李绍文审批，虽然在心中编好了欠费的理由，但李校长并没追问欠费的缘由，我获得了批准，很快办完了入学手续。

　　大约在10月5日下午，我们在教室里进行英语考试，在紧张地写答卷，学校突然吹响了"紧急集合号"，所有学生就像鸭群一样，拥至操场。我边向操场走边看学校四周，除傍河坎一面外，其余三面都已架起了机枪，都有荷枪实弹的重庆内二警把守着。教务主任伍福尘向学生宣布："内二警到学校清乡，清到哪个寝室，哪个寝室的学生，就各自去把自己的书箱子解开锁，摆在床铺上让国民党渠县党部的书记长刘正泉和三青团干事长雷云龙来清查。"当清到高一班的寝室时，我和同学们一样若无其事地去把竹箱子的锁打开，搁在床铺上，从寝室出来，站在不到10米远的杨槐树下，盯着他们去翻看。心窝虽在咚咚地跳，只好用手把胸膛紧紧地按住，并在心里不断默念着"杀身成仁，舍生取义，保守秘密，不怕牺牲"的誓言。

222

但神情仍镇定自若，心想若把《新民主主义论》这一书翻到了，没得二话说，只有硬着头皮，挺起胸膛让他们砍。直到他们把箱子里的衣物、书籍、课本一件一件地翻看，他们对我的作文本看得特别仔细，逐篇逐章地看完了，没露出惊讶的表情，我的心一下就踏实了。原来他们并没有揭开盖在《新民主主义论》上面的那一张硬纸壳，幸亏这一张跟箱子底板一样大的硬纸壳救了我的命。这就是我从内二警的枪口上，捡到这一条命，活了68年的经历。至今仍在为党和人民的事业，坚持不懈地尽微薄之力。尽管有人对我的作为不够理解，说什么"你这个高龄老人还在孜孜不倦地工作，究竟是图的什么？"我的回答很简单—人要活得有价值有意义，"为共产主义奋斗终身"的誓言，不是口号，是行动，信仰就是我的力量！

  诗曰：

    回想青春气若虹，同窗好友聚来中。

    龙潭虎穴泄时愤！蒋特屠刀乱世凶。

    仰望红星追马列，坚持信仰力无穷。

    平生迈步长征路，坚定不移贯始终。

（原载中国文化出版社《红色渠县故事集》）

散文篇

223

第八章 弘扬祖德 启迪后昆

——献给族人尊祖敬宗的一本宝书《寇氏族谱》

　　族谱，乃宗族之谱系，亦乃中华民族珍贵文化遗产之一。"国无史，无以考一国之始终；家无谱，无以辩一族之亲疏。"吾《寇氏族谱》始于清代，惜因年久失修，且在"文革"活动中，被视为"四旧"而遭湮没。适逢国事昌盛、人和政通，春风化雨、众生共沐，民族儿女尊祖敬宗、继往开来之际，居渠境五千多族人及历代迁徙到外地的广大族人，无不期盼有一部记载吾族的谱本，以辩辈分亲疏，启迪后嗣，弘扬祖德，报效祖国，造福子孙。1996 年，族人雨田发起倡议，编修寇氏族谱，四方寻访，搜集了大量资料，由族人仁人荣昌公撰写了《寇氏宗族族史略记》。但资料尚不完备，没能如愿。2002 年，经雨田、太明等族人倡导，筹建寇氏族谱编修委员会，发出了《编修渠县寇氏族谱致族人函》。2004 年 4 月，在静边镇召集了各支系代表，推选出了编委，组成了编委会，发出了《告族人书》，进一步明确了编修族谱的必要性，得到了广大族人的响应和支持。各组走村串户，询访调查，精心撰写，现已编校成册，献于族众。这是族人齐心合力的结晶，用血汗铸成的硕果。读之令人欢欣，令人鼓舞，令人自豪。

　　纵观渠县《寇氏族谱》，资料翔实，内容丰富，具有以下特点：

一、明确了寇姓的源流

　　经考证，中华寇姓的来源有五：一是西周时期，苏忿生为周武王司寇（相当于世代的司法官），其子孙以官为姓，时居上党（今河南敖仓县）；二是春秋时期，卫康叔为周司寇，其子孙以官为姓；三是卫灵公之子公子郢的后代，郢之子孙为卫司寇，以官为姓；四是后魏改古引氏为寇；五是寇氏原出上党兰夷之姓，商王仲丁时，兰夷叛逆，仲丁率师征之，因平叛有功，封其后于上党，赐姓曰寇。我渠籍寇姓乃源于上党，故曰上党氏，迄今已三千五百余年矣。中华寇氏之先祖，发祥于周朝，孕育于河南河北地区。世代兴旺发达，尤其是在东汉、南北朝时期，更是人才辈出，名满天下，尤以北宋寇准为最显著。世家繁茂，历代均有子孙为官，逐北随任而迁播至陕西、湖广（含湖南、湖北）、广东、广西、福建、甘肃等地。我渠籍寇氏之始祖奇可公乃是清康熙（1662—1722）年间，从湖北省麻城县孝感乡高阶堰村迁入静边镇、白兔乡之间的寇家坝。定居金家编（后称老屋湾）之后，又引以尚公、文秀公来渠，以尚公定居桃儿湾，文秀公定居厅房湾（亦说牌坊湾）。上述诸公均系准公之后裔，先后来此定居落业，开垦荒野，建造家园。历经世代艰苦创业，耕读为本，奋发图强。今已枝叶繁茂，子孙荣昌，遍布神州。

二、理清了本族的世系

谱中按自清嘉庆六年（1801）联宗合族始，按以勤、以俊、以尚、文秀四大系的源流，绘制了世系图表，伦辈分明，长幼有序。为后世寻根溯祖，孝祖敬宗，提供了有力的证据。同时，又新增定了班辈字派，使后代取名有伦可遵。

三、展示了寇氏族人的灿烂画卷

随着社会的发展和进步，吾族世代均有子孙或在本地、或在外地，奋斗在各条战线，遍布天南海北，为祖国腾飞争光增彩。谱中收录了各个历史时期的名人事迹，特别是记载了我国解放独立、社会主义革命和建设中涌现出的许多勇于牺牲、无私奉献的革命英烈、先进人物的事迹。诸如：在1933年，红四方面军解放渠县时，有在寇氏宗祠上文昌阁创建村苏维埃政权而壮烈牺牲的；在抗日战争时期，有英勇抗战为国捐躯的；在解放战争时期，有在寇家坝建立和发展地下党组织，迎接解放的；在抗美援朝和保卫祖国边疆的战场上，有屡立战功、流血牺牲的；在社会主义建设时期，有在各条战线上开拓进取、勇于奉献、甘当公仆的。这些可歌可泣的光荣史绩，实在令人自豪。

四、采集了族人在文坛上展现的朵朵艳丽鲜花

谱中收录了本族的文化遗迹和部分族人在各个时期的佳作，如诗词歌赋、书法绘画、民间技艺等文坛的精华。这些无不饱含着对党和人民歌颂之情，对社会时局之关注、对乡土之眷恋以及儿女之情怀，流淌着浓郁之时代气息，充满着信念，不愧为一笔遗诸后代的宝贵精神财富。

渠籍寇氏源远流长，起源于上古，发祥于周，奠基于上党。茫茫大地，浩浩神州，寇氏后孙播徙四方，子孙绵延，世代昌盛，自强不息，开拓进取，业绩辉煌。祈望寇氏后昆，沿木求本，饮水思源，效法祖先，奉献当今，团结各族，与时俱进，共建文明，齐奔小康。为寇氏族群的兴盛，谱写更加辉煌的华章。

寇氏族训

纵观族谱，悟出真谛；先祖遗德，后嗣遵循。

严教子孙，求学奋进；勤劳俭朴，创业为本。

自强不息，百业俱兴；修德领先，恪守诚信。

孝顺父母，勿忘祖恩；尊老爱幼，牢记敦伦。

家庭和睦，互爱互敬；礼仪待人，友好睦邻。

祛恶从善，扶危济贫；效法祖先，奉献当今。

齐奔小康，共建文明；爱党爱国，众志成城。

家道壁立，世代昌盛；族人共识，永远遵行。

2005 年 1 月

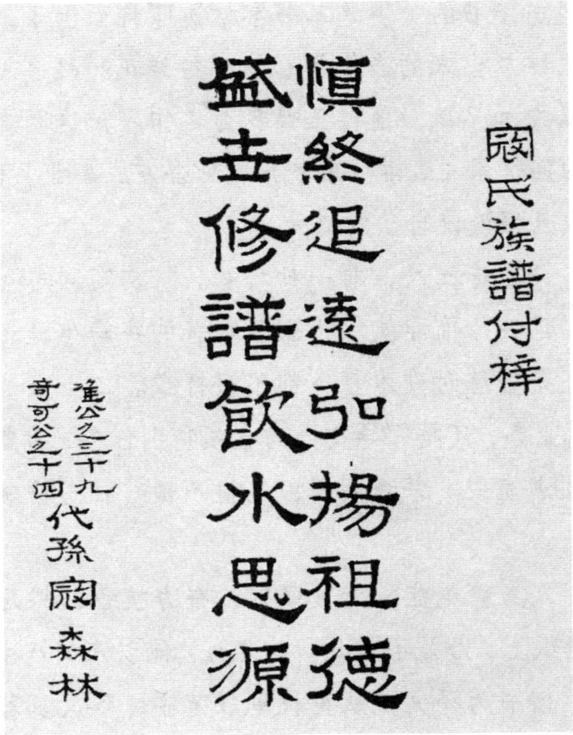

阚氏族谱付梓

慎终追远 弘扬祖德

矗志修谱 饮水思源

进公之三十九

奇可公之十四代孙 阚森林

第九章　传承墨宝　梦想成真

——序苗友定《硬笔草书字帖》

　　苗友定同志撰书的《硬笔草书字帖》即将面世了，这是我县书法艺术领域里绽放出来的多姿多彩的一盆鲜花。可喜可贺！此前，由于我们是挚友加兄弟，他再三嘱我为之作序，这真是赶鸭子上架啊！看了他的回忆录《磨难成就梦想，勤奋方成事业》和《字帖》，深受启发，我只好谈谈自己的感受。

　　古人言："冰冻三尺，非一日之寒。"友定同志对汉字书法的爱好与功底，已四十有年矣。十余载艰苦的戎马生涯，无论前沿备战、守卫，还是苦练过硬本领，都不辍挥毫。二十余载地方机关工作，无论本职业务，还是领导交办的各项特别任务，也都勤勤恳恳、兢兢业业，圆满完成。每逢闲暇，笔耕不辍，壮志畅酬人生，芳墨留驻精神。

　　年近花甲，身缠绝症，然其坚韧，奋力抗争，将几十年爱好的书法艺术跃然纸上，乃是不虚此行的见证。他以宋词八十首为原型、草字为书体、楷书为译文，从查找草书范字，到反复习练、修改，七年功夫，完成120篇5000余字的《硬笔草书字帖》。得到渠县书法界行家的好评。

228　　传承墨宝，梦想成真；书成此帖，不负有心。点横竖撇，泾渭分明；间架合理，缓急尤清。结构严谨，功底效应；左右兼顾，上下匀称。

竖长不减，以点补空；活而不死，划少生风。上下相让，得笔流畅；左右相让，行笔奔放。竖有长短，不争高低；横多匀布，长短合理。疏密有度，安排得体；留赠范本，可供赏习。

　　我国的书法艺术源远流长，它是我们中华民族几千年灿烂文化的重要组成部分。苗友定同志为发扬和传承这一瑰宝，做了不懈的努力，获得了可喜成果。这是对我县文化事业的繁荣和发展所做的一种无私奉献。这种精神，令人钦佩，令人敬仰！故献诗一首，略表寸心：

鹤林僻壤一青松，自幼生根苦竹丛。

寒雨凄风怀壮志，离乡背井去从戎。

曾经磨炼创佳绩，解甲还乡更火红。

九夏三冬勤奋练，颜筋柳骨镌成功。

2014 年 2 月

第十章　难忘父母恩

——纪念父母诞辰一百周年

　　1929年农历八月十五日，我出生于渠县静边镇金星村（原寇家坝）的一个农民家庭。我父亲寇其相，母亲何静珍，他们用沉重的脚步走完了艰难曲折的人生旅程；用血和汗哺育了五男三女的成长；用赤子之心孝敬了父母；用赤胆忠心掩护了地下革命。

　　一、勤劳操作，苦心耕耘

　　父亲幼入私塾，读过四书，略具读、写、算初等文化，尚未成人就学会农事操作。我母亲没读过书，从小就学会手工纺纱织布。他们于1924年成家之后，便将各自之长合力从事耕织养的农业劳动。父亲以田间耕作为主，闲时手工织布，或白天耕作，晚间织布，我从小就见他们在很多个深夜忙活。逢集日就将织成的布，拿市上去卖，又买回纺纱的棉花，或织布的棉纱。母亲以手工纺纱织布为主，兼做家务和饲养家禽（鸡、鸭）家畜（生猪、耕牛）。他们就是这样几十年如一日地辛勤劳动，直到解放。解放后则完全靠从事农业劳动和饲养家禽家畜，维持全家十余口人的生活和供给儿女们读书的费用。

　　二、历经磨难，奋力拼搏

　　大约是1925年，大哥申权出生前后，父母就从祖父母这个大家庭中分离了出来，住在老屋左边一间仓屋和草房偏内。仓屋里除木

仓占去三分之一的面积，供祖父母存放稻谷之外，我父母亲在其余的空间里搭了一架床铺、一架手工纺棉车和织布机，一张方木桌和一个陈放食品的木柜。草房做厨房和猪牛圈各一间。祖父母还给他们划拨了15挑（3.45亩）田和一石地（6亩），还有一块菜园地约0.2亩，父母就靠这些家产自食其力。到1929年，在我出生不久，父亲的弟妹们都先后成人，老屋就显得拥挤了，祖父母便要我父母亲从这个小家搬出去。父母亲就搬到距老家约100余米远的上文昌宫右边的一间偏房屋内居住。

20世纪30年代初期，正值军阀混战，争夺地盘之际。1932年10月杨森部攻占渠县，原住静边一带的李家钰部败走，强拉民夫，把我父亲拉去，终日被士兵看押并担着部队的装备，跟随溃败的部队走。经过几个月的磨难，直到安岳境内，该部队才停下来，住在营房休整。一天深夜，趁营房卫兵打盹，我父亲便冲出营门，迅速跑到一块水田缺口上的石桥底下，屏住气息，让追兵从桥上"叮叮

散文篇

咚咚"过去、回来，回了营房。眼看四周没什么响动了，才从桥孔里爬出来。不知经过多少个日日夜夜，沿途乞讨，直到这一年腊月底，才回到家里。

父亲被抓走后，母亲一人带着两个小孩（我哥和我），既做家务，又忙着地里的庄稼，里里外外一把手。后来便将我送到外祖母家。我跟着外祖母吃、住、睡，整天围绕在外祖母身边，弄得外祖母生了气说："把你送回去。""不哩，我母亲说了的，要等我爹来接我，才得回去。"我这样天真幼稚地回答。几个月后，父亲从虎口逃回家，还没来得及喘息，第二天就来把我背回家去了，过了一个全家团聚的年。

1933年，红军进驻渠县北半边，我的家乡寇家坝也有红军。由于上文昌官成立了村苏维埃，我父亲又参加了赤卫队，为了把我家住的房屋腾出来作村苏维埃的办公室，我家搬回了老屋的原住房。后来，红军撤走，村苏维埃解体，我家又搬去上文昌官。这不仅饱尝了两次搬家之苦，父亲还由此而险遭杀身之祸。复辟的土豪劣绅扬言，我父亲腾出房屋住过村苏维埃，又是赤卫队员支持了红军，要捉拿我父亲。

那时土豪劣绅杀人不眨眼，只要是村苏维埃干部及支持村苏维埃的群众，抓到一个杀一个，连矮石桥的河水都被惨遭砍头的革命志士所流的鲜血染得通红。在这种白色恐怖之下，我父亲不得不东躲西藏，在稍有缓和后，才举债给乡联保主任及保甲长塞包袱，并办酒席招待他们才算平息下来。

当时，军阀杨森割据渠县。苛捐杂税不算，单说完粮（叫田赋）这一项主税，逼迫农民提前交清二十多个年头。我家不堪重负，无力交清这一赋税。1934年的一个深秋下午，太阳落西时，保长寇绍福带着保丁，提着铁链，走到我父亲正在犁旱田的田埂上，把我父亲叫上坎来，不由分说，就将铁链套在我父亲颈项上，"嚓"的一声锁上，拖到乡上去了。逼着我父亲把我家唯一的一块命根田桥大田（12挑谷子的水稻田）典当出去，用典当的大洋交清了赋税，还清了借债。1935年，举家搬到十余里外九龙寺附近的薛家沟，租佃汪家的一股田地耕种，居住在一座一字形的四间草房内，名曰"佃田户"。福不双降，祸不单行。当我家刚安顿好，还没得到喘息，甲长找上门来，分派我父亲每天晚间要到屋后高山坳里守夜（当时也叫"守戒房"），就是给那些有权有势的豪绅为防匪盗而设立的卡哨去站岗。当天夜里，父亲叫我哥（11岁）披着一件蓑衣去那里应付。殊不知保里的巡查队查出我家是去的小娃娃，当即把我哥撵回来了，非要我父亲去不可。之后，我父亲才想方设法备办酒肉，把保甲里的一些头面人物请到家里来吃了一顿，并向他们说了许多求情的好话，才算马马虎虎地应付过去了。

俗话说："农民头上三把刀，租押重来利息高。"谁知父亲一年四季脸朝黄土背朝天，苦挣苦磨收获的粮食，交租之后所剩无几。若遇天灾日子更是难熬。恰恰在1936年，就遇到大干旱，无法栽插稻苗，等到五月末才下一场中雨。于是全家大小在田里搭起矮木凳坐起，一窝一窝地用手把水稻秧苗按在田土里，不知又等了多少天，才下了一场大雨。到了秋收时，满田的茅草花（抽出的谷穗没灌上浆，稻秆上尽是秕壳），弄得全家生活无着。每天早上父亲带领我们在屋门口的旱田里去把红苕叶割回来，下锅掺和一些高粱面熬成糊糊当饭吃。

父母眼看这样的日子，无法过下去了。1937年便向亲戚"请会"（今称集资）和向放高利贷者寇绍福借钱，凑足了三十块银圆，把我祖父在病中典当出去的那一股田地房屋一并赎回。这年的秋天，又把家搬回了寇家坝的土地桥湾居住，这是父母亲第五次也是最后一次搬家。

从此，定居在这里，依靠耕种这些田地加上经营手工纺纱织布和饲养家畜家禽，偿还债务和维持全家十口人的生活。

解放后，我和我哥调出家乡，分别在静边区、有庆区工作，父母亲仍然从事农业劳动，母亲虽然体弱多病，长期服药，仍坚持做家务活。他们一贯拥护党的路线、方针、政策，奉公守法，积极参加社会主义革命和社会主义建设的各项活动。1960 年前后的"三年困难时期"，父亲在自由市场上交换耕牛，贩运粗麻布，挣零花钱。在当时，这种举动被视为资本主义自发势力，因而于 1963 年被弄进区里办的学习班"割资本主义尾巴"，进行批判，退赔了所赚得的钱。之后，他经历了"小四清""大四清""文化大革命"等大规模的政治运动，再没遇到过什么责难。

三、孝敬父母，团结弟兄

父亲是我祖父母的长子，早年，祖父长期患病，父亲终日不离其左右。祖父需要他怎么做，他就怎么做，一切顺其意，直到祖父病终。祖父逝世后，父亲虽然没有同他的母亲住在一起，但每年农忙时他本人或叫我哥必去为祖母的"养老田"耕作。不论远近，也不论家境好坏，每逢过年过节，都要去接他的老母亲来我家团聚，共叙亲情。1937 年，我家虽住在距祖母住处十多里路外，在端午节前几天，父亲就把祖母接到家里来侍候几天。端午节那天，就用自收的油菜籽换回的菜油，炸些茴香叶、花椒叶合着的麦面粑粑，全家老小围坐在一起，吃得十分香甜。午饭后，祖母执意要回去，我母亲就给她包了一包油炸的麦面粑粑叫我护送祖母回去。我们婆孙俩出门时还是大晴天，没想到刚到寺岩口，突然乌云密布，雷电交加，下起了倾盆大雨。前无门户，后无店铺，找不到躲雨之处，只好硬着头皮任雨淋，手里提的油炸粑粑也完全像在水里浸泡过的一样，气鼓鼓的。

父亲四弟兄和一个妹妹团结和睦，互助互让。父亲对弟弟妹妹是倍加爱护，遇到难解难分之事，带头相让。兄弟姐妹和姑嫂妯娌之间，从未发生过口角。1939年，因幺叔已被抓去当兵，抗日去了。那时每年要给抗日战士发放饷谷二百斤，补偿养家糊口，但要人去到县政府办理领谷手续，幺妈家孩子幼小，没人到县城去办理这个手续，父亲便放下家中的农活，毅然前去。当父亲到县政府办理了领谷手续，还没来得及走出县城，36架日机就在县城上空盘旋，狂轰滥炸，顿时渠县城一片火海，父亲便趴在风硐子一处芭茅丛中，躲过了日机炸弹和机枪扫射，待日机远去后，才爬出来朝回家的路上疾走。

四、呕心沥血，哺育儿女

父母亲共生育七子四女，除二六七（按排行算）的二子一女在婴幼儿时期夭亡之外，哺育了五男三女成长。在那样的年代、那样的社会、那样的家境，能将这五男（申权、申林、申伯、申贤、申田）和三女（申玉、申碧、申于）哺育成长，要付出多少的心血，要经历多少的艰辛！

父母亲一年四季，从早忙到晚，千辛万苦，挣吃挣穿，自己紧衣缩食，甚至宁肯自己少吃少穿，也要让儿女们吃饱穿暖。在我出世不久，母亲生病缺奶水，便由父亲把半生半熟的米饭放在嘴里嚼成浆，再置于火上熬成稀糊，点点滴滴喂进我的嘴里，天天如是，使我度过了婴儿时期。在我稍长大了一点，就用红糖熬稀粥给我充饥。

1938年，三弟申伯刚学会走路，髋关节摔伤了，他自己不会说话，直到父母亲发现他跛着走路，背去看医生，才发现髋关节已长起了巴骨瘤。医生用刀划开上了药，从此我父亲每逢二五八赶集都要背他去静边寺街上换药。这样一直背了近两年，才将其巴骨瘤中

散文篇

追梦之路

的脓血引流干净，使伤口愈合，但这一条腿无法伸直，虽成了跛着走路的残疾人，父亲仍送他上学念书。小学毕业后，积极支持他参加村、社各项活动，后被安排当了村上的民办教师。由于表现突出，后又转成了公办教师，经中师函授毕业，至20世纪80年代，晋升为小学高级教师。

父亲在那样艰难困苦的条件下，想方设法让孩子上学读书。我们8个兄弟姐妹中，除大妹没读过书外，其余的读了高中、中专的有2人，小学毕业的有4人，大学毕业的1人。

大哥申权，1942年在静边乡高小十八班毕业没能继续上中学，便由父亲教会他使牛抬耙、耕田犁地，以及纺棉织布的手工活，成了父母亲的主要帮手。

1938年，我开始发蒙读书，先在外祖父家食宿，在张氏垭口的小学念书。有一天夜里，逢外祖父的外侄邓伯英来给他拜年，在夜宵时，我怕夜间撒尿，便在盛稀饭的木盆里去捞干的吃，把木盆里的米汤搅得"叮叮咚咚"响，被管家的舅父听见了，认为伤了他的脸面，顿时大发雷霆，厉声厉色地骂道："你家里穷得脸上没一点血，连黄水都挤不出来点，你还这样假（挑食），连稀饭都不愿意吃！"我气得号啕大哭，丢开手中的碗筷，转身掀开双合木门，翻过齐我腿高的门坎，不顾伸手不见五指的夜色，往回家的路上直奔。外祖母跟着我的后面追赶，直追到她屋侧的堰坎上，才把我抓住拖回去。次日晨，我提起书篮回了家。父亲对我做了一番人穷志不穷的教育，便把我送去上文昌宫寇月山办的私塾里继续念书。

1943 年，我去距家十余里路的八庙乡延寿观小学读高年级，早晚在家食宿。母亲用桐树叶包着麦面放在灶孔里烧成馍馍，让我揣在书包里，带到学校作午餐用。1944 年，我又转学到距家稍近的静边乡小学，父亲便在街上黄家租一间木楼住宿，从家里背去米、苕、萝卜及柴禾等，自己烧饭吃。

1945—1948 年，我在渠城读中学的时期，由于物价波动大，学校里收缴的学杂费和自己用餐的伙食费，除折交银币之外都不能交纸币，一律折成大米。我每一学期交的三百来斤大米，都是父亲用自种自收的稻谷碾成的，不论寒冬暑热，每一学期都要从家里分三四次肩挑背磨，步行 90 余里，送到学校来。交给学校后，又立即往回走，连水都没喝一口，生怕途中夜宿栈房多花钱，摸黑回家。谁知道他在这无数次往返途中，忍受过多少饥寒，流淌过多少汗水？

1946—1947 年，迫于国民党政府实行的"三丁抽一，五丁抽二"的兵役政策和家境穷困，父亲把我四弟、五弟分别送给幺叔、幺姨抱养。解放后，家境稍有好转，父亲舍不得自己的亲骨肉，又将我这两个弟弟收回到自己身边，并送去读了小学、中学，五弟还就读于昆明地质学校，毕业后分配在贵州省工作。经函授本科毕业，评为高级经济师。曾任地质大队长多年，现任贵州省黄金局副局长、省黄金集团公司副总经理，贵州烂泥沟金矿董事长（世界级特大型金矿），还于1998年任中国黄金考察团团长，率团赴南非考察金矿。

父亲的心是非常慈善的，但从表面看去，却又相当威严。我们兄弟姐妹，无论生活、读书、做事和对人，都得处处看他的脸色行事。他若面带悦色，就表示赞许你的行为；他若有怒色，就表示你的行为出错了。这时他就提出警告说："谨防老子的板子抡到你的身上。"但我从来没看见他打过儿女。他经常要求我们勤耕苦读，节俭持家，尊敬长辈，孝顺父母，爱护弟妹，和睦邻里。在这些方面，他是千叮万嘱，我们兄弟姐妹对这些家规养成了习惯。在家中，历来都是长让幼，大带小，相互之间从来没发生过争吵或打架。我们家这一支脉，在寇家坝族人中居长房，出门喊祖喊公的多，喊叔的都少。兄弟姐妹遇见这些长辈都很尊敬，按辈分该称呼什么就称呼什么，所以邻近的人都称赞我父母很爽快，称赞我们兄弟姐妹"嘴巴甜"。我家无论居住在什么地方，都处处以礼待人，从没跟邻里闹过纠纷。我父亲母亲治家特别节俭朴实，全家穿的、盖的都是自己织布自己染色，请裁缝到家来制作的。大的穿不得了，就给小的穿，一个传一个，而且穿烂了就打补丁，有的衣服是补了又补。父亲经常说："新三年旧三年，缝缝补补又三年。"我从小到解放，从没穿过一次新棉衣，还是1950年初，政府发给的一套灰棉装和一双翻毛皮鞋，才第一次品尝到穿新棉衣和穿皮鞋的滋味。

我在上初中时，学校统一规定，学生要穿草绿色的"童子军"服装。父母亲就用自己织的布，又从菜地里摘回一筐丝瓜叶，冲成浆，把布和丝瓜叶浆同时放在锅里架火煮，然后放在清水里把丝瓜叶渣渣透去，再晒干就成了草绿色的，最后请裁缝到家里给我缝制了一套"童子军"服。那时，我在学校上课做作业用的毛笔只有中、小楷各一支，做英语和数学作业是用的玻璃尖蘸水笔，其墨水是从市上买的蓝色颜料加水自己勾兑成的，从没和那些用钢笔做作业的同学去攀比过。还是在我读高一上期的暑假中，我的老师任乃忱介绍我参加了共产党后，他送了一支新民牌旧钢笔给我，才把玻璃尖蘸水笔抛弃了。这支钢笔，我一直用到1951年用津贴买了一支金星钢笔才换下来，后又把那支旧钢笔给我三弟读书用了几年。

父母亲还要求我们兄弟姐妹从小就要吃苦耐劳，勤奋劳动。我们兄弟姐妹从小就养成了勤恳劳动的习惯，个个从小就学会了家务劳动和农作辅助劳动。我记得从七八岁起，父亲就教我大哥和我及大妹三兄妹分工架灶火，一人一天轮流更转，各人收拾柴火挽成柴把，各人保存各人用。平时，放牛、割草、打猪草这些活儿都由我们兄妹分工合作去做。按父亲的分派，我读小学时每天早起要拾一筦箕野粪，放晚学回家就牵牛到田埂地边放牧，晚间才能点着桐油灯做作业。我在读中学之后的寒暑假期间，放牛割草就是我的专业。当然，有时也有例外。1947年冬，我读初中第五学期，逢私立来仪中学创办高中，我便跳班考上高一。按学校规定，凡考上高中的初中学生，就不再参加期末考试，我便兴致勃勃地回了家，父母亲得知这一喜讯也十分高兴。腊月初三日逢白兔寺赶集，我心想有半年没上过白兔寺街上了，神差鬼使地去白兔寺赶集。这个不到三分之一里长的所谓“尿包场”，人来人往挤得水泄不通。当我刚挤到街中段，我的前后来了几个彪形大汉，叫住我说：“喊你到乡公所去说话。”顿时我心里明白了，是抓我去当兵。他们把我押进了一间堆满乱草的屋里，锁着木栏栅门，门外站着两个义警看守。全家闻讯着急了，大哥连夜赶到渠县城里向学校当局报告了这一不幸事件，也告知了渠城三所中学中我的好友同学，这些同学闻讯也义愤填膺，立即放出风声，要在送我进城验兵的途中来抢人。我父亲则四处咨询，接着就请人写了状纸递交到乡民代表大会的主席那儿，指控保长吴俊才违背《兵役法》，抓了我这个不满十八周岁，又是在校的学生送兵。由于这样"一吓一告"，乡公所就不敢把我送走，一直关在乡公所，由我母亲一日三餐提着篮子带着泪水给我送饭来。有时还给送罐罐酒和豆腐干，我就跟看守我的警察一起吃喝，这样就同他们混熟了，以至白天可以同他们一起坐在牢门外的长条木凳上，同他们聊天，晒太阳。到了第七天，父亲又请人写了一封质询书，质问乡公所违背《兵役法》关押我已超过七天，既不送走又不放出，其理何在？乡公所才不得不指使保长吴俊才在当天夜里另抓了一个不合格的刘矮子，交到乡公所把我顶换出来。次日凌晨，我父亲给保长送去了一只大肥鸡，表示"感谢"，又到乡公所交清了关押我的所谓"灯油费"，把我接回了家。

五、不畏艰险掩护地下党

1945年秋，我在渠县中学读初一（52）班，次年春就转学到渠县私立来仪中学（县渠二中）读初二，这所中学是渠县著名的南派头目雍熙文于1943年创办的，他任该校董事长，任命李绍文（渠县民盟支部领导成员）为校长，他所聘任的二十多名教职员中，接近一半是中共地下党员，川东地下党营渠达工委委员熊运钜（即熊杨）、城关特支书记任乃忱（龙潭起义队伍政治部主任）、周孟图、杨秉伍、朱化平等均在该校以教师身份为掩护从事地下革命活动。

1948年下半年，我在该校读高一期间，有四件事情成了我的人生转折。

第一件事，教物理课的任乃忱（谐称任铁矿）兼任地理课老师。他不按课本讲授，要按他手头的讲义讲授。这样，同学们就要求把他的讲义印发给同学。我便自告奋勇承担了刻蜡纸印讲义的任务，因而与任乃忱老师的接触增多了，我就向他借课外书籍看。他猜测到我有追求真理、追求进步的愿望，便试探性地借了一本《劳动创造世界》（艾思奇著）的进步书籍给我读。读了这本书，我初步懂得了一些历史唯物主义的常识。

第二件事，我们班上八十多位同学中，有一个姓王的学生经常与任乃忱为难，有一天故意顶撞、纠缠着任乃忱。当天晚上，在吹响了灭灯号之后，同学们都就寝了，任乃忱单独把这位同学喊到办公室去，他同朱化平（军训教官、地下党员）一起，询问他为什么要捣蛋。这个同学当即就顶撞起来，任、朱二位老师就用拳头、耳光回击他，他便大吼："打死人啰！救命啰！"同学们闻声也跟着吵嚷起来。我们高一班住的寝室，这一周恰好是轮着我在当室长。任乃忱便来到我的床前，低声给我交代，要我用寝室的纪律和制度来约束同学们，"不许吼叫！""不许出寝室门！"在我这样一遍一遍的宣告中同学们就平静下来了。然后老师就以扰乱学校秩序为名把那位同学扭送到警察局去了。平息这次波动，是对我的一次考验。

第三件事，任乃忱每隔一段时间就要在星期六的下午作一次时事演讲。学生自由参加，我每次都积极地去听他绘声绘色地演讲国共两党的战场形势，听得津津有味，对共军的战役胜利，国军的节节败退，打从心眼里感到高兴。心想，只有推翻国民党的反动统治，中国人民才能重见天日。

第四件事，放暑假时任乃忱叫我留校帮他守寝室。我就在他的床铺对面一张木床上住了下来。他白天睡觉，晚间外出，每天都是天蒙蒙亮才回到宿舍。他在晚间外出前就把《论共产党员的修养》这么一本书（即刘少奇在七大的报告）给我读。每天晚上，我在煤油灯下聚精会神地读这本书，按任乃忱老师的嘱咐在天亮前又把它拿到挨河边的操场一角的大垃圾堆里去深埋着。晚上又去掏出来，拿回寝室读。这样循环往复了近一周时间，读完了这本书。在一天的中午，他睡觉醒来，就问我："读了这本书有何感想？"他还着

散文篇

重给我讲了共产党的性质、目的和所实行的政策。并问我愿不愿意参加共产党，我毅然作了肯定回答，接着就按他的指点履行了入党手续。他还把毛泽东著的《新民主主义论》给我带回家去读。临走时，他又叫我跟在熊运钜老师的身后保持十余步远的距离，护送他出渠城，到北门金蝉寺背后，他往青龙方向走，我往板桥方向去。

这是我在人生道路上的一个根本转折。

我回家之后，不停地走东串西，不到一个月，我的五位知心朋友经过我的启发教育，提高了觉悟，写好了入党申请书（当时称"自传"）。在正在收割水稻的一天中午，任乃忱头顶烈日，冒着酷暑，装扮成一位绅士模样的客人到了我的家，带来了《中共中央土地法大纲》和陈云同志写的《怎样做一个共产党员》交给我学习和传阅。他在我家住的几天中，了解了我家住地的环境，我给他汇报了工作，他审阅了五名同志写的入党申请书，并批准了他们入党。他还决定以我家作为渠县地下党南来北往的南北交通站，无论从渠北到渠南或从渠南到渠北的地下工作人员，都由我接送并在我家食宿。在我送他去渠南的路上，又要我去叫了顺路的刘相喜同志同他做了个别谈话。我一直把他送到龙滩子河边，望见前面从王家祠堂（当时的保校）出来接他的王永禄的身影，才叫我往回走。8月初，我又进城到他的住处，向他作了一次工作汇报后，他嘱咐我开学后不忙去上学，就在家等着他来交代任务之后再去上学。9月20日左右的一天上午，他带着很疲乏的神态到了我的家，叙述了他在龙潭起义失利后是如何隐蔽摆脱了反动军警追捕的经过。这时我才明白，他早已预料到会走这一步棋。他在我家歇息了几天，要我护送他朝营山方向去，我将收存的党费和准备上学的学费一起交给了他作路费。在送他的路上约定了他走之后来接组织关系的口令是问"任扬"答"武装"。直到望见营山县界兴场的房影才分手。

任乃忱走后的第二天，我就背着书籍和日用品，冒着蒙蒙细雨往学校去。走进渠城时，天上阴云密布，地上杀气腾腾，一派白色恐怖。重庆内二警在其司令彭斌的带领下，镇压了龙潭起义，把抓到的肖平安（地下党员）、邵钧儒（支援起义的保长），于当日上午枪杀在渡口码头了。渠城里，街头巷尾议论纷纭，我也顾不上多看多听多想，昂首阔步，穿过街道，直奔学校，速将背包里的《新民主主义论》藏在自己常用的竹箱子底层，上铺一张同箱底一样大小的硬纸壳，上面堆放着换洗衣物及其他书籍作业本等。只过了几天，在下着小雨的一天下午，我们班上正在测试英语的时候，突然吹响了紧急集合号。同学们立即搁下笔涌出教室看，学校四周已架起了机枪，荷枪实弹的军警把守着各个隘口。全校学生集合在泥泞的大操场里，教导主任伍福尘宣布，国民党渠县党部书记长刘正泉和三青团干事长雷云龙等人来清查学校（叫"清乡"）。他们到了哪个学生寝室，该寝室的学生就去把各自锁着的箱子打开，让他们来清查。我的心在怦怦地跳，但仍若无其事、从容不迫地去把上了锁的竹箱打开，摆放在床铺上。然后站在窗外的一丛杨槐树下看着他们把箱子里的书籍、作业本及衣服用品，一件一件地翻看，对作文本看得特别仔细，只是没把挨箱子底的那一张硬纸壳揭开。到他们离开我的床位，没有奇特的反响，我的心才踏实下来了。

　　这一年的11月，地下党渠县县委、岩丰特支的领导成员蒋文彬（贾中一的化名）和老雷（雷雨田的化名）装扮成农民模样的客人到了我的家。我虽没在家里，但父母亲和大哥听说是我的客人，便很热情地接待了他们。他们在我家里食宿了将近一个月。白天就同我父亲和大哥一起下地给麦苗松土、浇水粪，晚间就由我父亲或大哥护送他们到营山县林乡大水坝我么姨家里住宿。天天如此，来来去去，神出鬼没于渠营两县的接壤地带。后来，大哥又把他们由大水坝带到斗坑岩他的岳父家去食宿。就在这一次的旅途中，由蒋文彬作介绍人，由老雷批准，大哥履行了入党手续。

1949年春，他们又到我家住宿和工作了一段时间。不久，罗广文部队在渠"清乡"，又是户户连坐，又是岗卡林立，大军压境，一片白色恐怖。按照上级决定，为了保存实力，我们就分散隐蔽起来。我父亲筹措了一些钱给我作资本，先后到大竹和达县贩运麻布、棉花、布匹，成了一名小商贩。这一年的秋天，形势发生了急剧变化，我们将这一两年中发展的二十几名党员分别组建了八庙、白兔两个乡的党支部。我又参加了"营广渠蓬达"的游击纵队第七支队的活动。这段时间在我家来来往往的"客人"就更多了。我家就成了八庙、白兔、静边这一带党组织和游击队活动的据点。

在渠县城临解放的前几天，渠县民众自卫纵队的头目刘雍（静边乡人）带着一批人马，驻扎在静边乡的吴家花园，在往白兔乡安子口山上溃逃经过我家对面的大道时，扬言要放火烧毁我家的房子，要杀掉我全家。幸亏我们游击队紧追不放，他们才没来得及动手，一直追到白兔乡他们就四散逃窜了。

1948年到1949年这两年期间，凡是来我家的地下党工作人员，无论住的时间长短，都是由母亲和大妹给他们煮饭、洗衣，都是我父亲和大哥同我接送或掩护他们从事革命活动。上述一切，无一不是我父母亲无私无畏的支持和精心呵护的结果，这就是我们永远难忘、永远怀念他们之所在。

2004年2月

第十一章　李长林将军轶事

全军著名的战斗英雄李长林，四川省渠县涌兴镇人，1917 年 12 月生。1933 年 10 月参加中国工农红军，1934 年 5 月加入中国共产主义青年团，1936 年 12 月转入中国共产党。他在戎马一生中，亲身经历了许多轶闻趣事。现择编一则以飨读者。

李长林回家乡上党课

1996 年 6 月的最后一天，李长林携夫人李玉秀，回到了家乡涌兴镇。在闻风而至的干部群众欢声笑语中，大家簇拥着他东走走，西看看。他耐心倾听人们的想法、说法，了解家乡的变化和民情民生。当晚住进一家简陋的旅馆，由于天气炎热，这家旅馆房间里只有一架小电扇，有同志建议，驱车去三汇镇住宿，他婉言谢绝，和颜悦色地说："你们的好意我领了，在这里安歇很好嘛！这比战争年代风餐露宿好一百倍哩！"

第二天，7 月 1 日，恰逢党的生日，他回到了生养他的任家乡。兴致勃勃地说："今天是个好日子，我就和大家过一次党的生日吧！"在场的人们听后响起了一阵热烈的掌声。三元村、红丰村的党员干部及群众一百余人，聚集在乡党委的会议室里，一致提议请李司令讲党课，此时又一次响起热烈的掌声。李长林同志按照自己的亲身体验，他说："作为一个共产党员，首先要牢记自己的使命，不要忘记入党宣誓时的誓言，要牢记党的宗旨是全心全意为人民服务，党和人民的关系是鱼和水的关系，鱼怎能离开水呢？鱼离开了水能

散文篇

生存吗？不能！战争年代我们党领导的人民军队就是依靠人民筑成了铜墙铁壁，打败了日本鬼子，打垮了国民党反动派，所以革命取得了胜利……"又是一阵热烈的掌声！李长林又讲："现在个别地方还存在一些不正之风，跑官要官，买官卖官，千方百计都想当官。在战争年代，我们都是自觉接受党的安排，无条件地服从党组织和上级的决定。战争年代没有哪个想去争官要官当。因为你官有多大，肩上担子就有多重，责任就有多大。想想那些千千万万为党和人民，为革命解放事业牺牲的先烈，我们还图什么呢？我们每个共产党人、革命干部千万不要忘记过去，一定要发扬革命战争年代那股精神，发扬革命传统和红军长征精神……"他的话刚落，会场上就像烧开锅了的稀粥，叽叽咕咕地议论开了。

有人站起来问道："李老，你是怎样参加红军的？""嘿嘿，那是 1933 年 10 月，红军在涌兴街上宣传，红军是咱穷人的军队，是为穷人翻身做主，使人人有衣穿、有饭吃，过上好日子的军队。那时我才 16 岁，正在平安山坳里，跟一位理发匠学理发，我父亲听了红军的宣传，叮叮咚咚地跑到平安来，把我叫回家去参加了红军，就跟了红军一辈子！"顿时又是一阵雷动掌声。

接着又有一位党员干部站起来，问道："雪山草地那么冷，又没吃的，你是怎么熬过来的呀？"

李老笑容满面，以更加洪亮的嗓音说道："我跟随的红军部队，走过三趟雪山草地，那是因为我们心中有共产党，有毛主席，有朱德总司令，就什么困难都不怕了。况且我们是人，能够想出一切办法来解决困难的。譬如我们在爬雪山之前，部队用生姜、辣椒、花椒熬一大锅汤，首长要求每人至少喝一碗，有的不敢喝；我是四川人，喜欢喝，一股劲喝了两碗。在爬雪山时，越爬越有劲，遇到爬不动的，还去扶他一把，见到走散走落了的人还去收容他赶上队伍哩！"

话音刚落，又是一阵经久不息的掌声！

246

第十二章　师德标兵蔡改

　　蔡改，女，1951年出生于渠县中学蔡真如老师的家庭，中共党员，渠县渠江镇第一小学教师，中共十六大代表，曾获得"全国劳动模范""全国师德标兵""全国优秀教师""四川省特级教师""四川省师德标兵"等荣誉称号。她在几十年的教学生涯中，亲身经历了无数的奇闻趣事，经探访编录二则，以飨读者。

　　一、学生给她亮"黄牌"

　　在几十年的教学生涯中，蔡改一贯以言传身教、和蔼可亲著称，享誉县内外。但是在20世纪90年代末的一天，她从万源县开会后，凌晨五点才回到家里。顾不上旅途劳累，早餐后，仍按惯例，提前半小时往教室去，没等走近教室，就远远望见几个孩子在教室后门口，追逐打闹。走进教室一看，教室后门的门板已被踢在一边，旁边一片垃圾狼藉，桌椅七零八落。正在打闹的几个孩子，见势不妙，赶紧动手打扫垃圾……

　　由于舟车劳累或者更年期影响的蔡老师一反常态，情绪失控，大发雷霆，严厉斥责起来。孩子们个个吓得低着头，连大气都不敢出一口，更令蔡老师气愤的是班长竟然迟到了，便不问青红皂白，责令他站在教室门口。

　　经过这一阵地震雷轰，蔡改觉得喘不过气来，于是退后一想，谁都经历过孩子的生活历程，便软下心来，轻言细语地要求。她说："同学们，大家都提起笔来，把我外出期间，在班风班貌上发生的事情，写一篇日记，要写自己的深刻认识。"意思是要大家写检讨。

不到一刻钟，大家纷纷把日记送到讲台上来了，蔡老师逐篇翻阅，一篇篇，一行行，一句句都使她心急火燎：

"教室门是外班同学放学时路过踢坏的，已报告总务处。"

"课堂里的垃圾没打扫，是当天参加校里活动耽误了时间，没来得及清除。"

"班长迟到是肚子痛，他妈妈带他去买药，延误了时间。"

她看了这些话语，顿觉心虚脸红！

胆小的陶雪艳写道："蔡老师，你生气时太可怕了，吓得我全身发抖！"

"蔡老师，你笑起来很美丽，但发脾气时就很丑陋了。"喻蕾这样写道。

班长带着惊讶的口气写道："蔡老师，您为什么要改变您在我们心目中的美好形象呢？"

"蔡老师，您知不知道气大伤肝啰，我要劝您一句，身体第一，工作第二哦！"一位妈妈是医生的同学这么写道。

还有一位同学小心翼翼地问道："蔡老师，您是不是有了更年期综合征啊？"

童言无忌，真情流露，蔡老师冷静地思索，进行了反思。

在第二天的朝会课时，她诚恳地向同学作了检讨："我遇事不冷静，没调查了解情况就大发脾气，批评了你们，伤害了大家，我向大家承诺，以后尽量不发火，保持美好的形象。"

停顿了一会儿，她又向同学们提出："万一老师遇到更年期综合征的反应，控制不住情绪你们怎么帮助我呀？"话音刚落，孩子们争先恐后，七嘴八舌地出了不少的主意。一位被誉为"智多星"

的同学气昂昂地说："如果遇到蔡老师情绪再失控，我们就给她亮'黄牌'！"陈侣多同学的话音刚落，全班响起了一阵掌声。

这出其不意的提议，又得到了大家的响应，蔡老师也没有多想，便脱口而出，"我答应！"

从此，和谐相处，相安无事。过了很长一段时间，蔡老师竟把亮"黄牌"之事，忘得无影无踪了。

后来，蔡老师看见一部分孩子，包括体育委员为了赶数学作业，没去上体育课，又生起气来了。

她在下节课堂上，又像"山洪暴发"似的大发雷霆，滔滔不绝地大声斥责，批评那些没有上体育课的同学。忽然间，她看见李燕妮举起了一张小黄卡片，晃一晃就放下了。刘飞左顾右盼一会儿，也亮起了黄牌卡。接着就有五六位孩子亮了黄牌卡，最先提议亮"黄牌"的陈侣多，更是坐不住了，他索性站起来，高高地举起了"黄牌卡"，全班一派哗然。顿时，蔡老师几乎傻了眼，明白了是怎么一回事，立刻把满腔怒火转变成微笑，走下讲台，到走廊上倚着栏杆，操场上孩子们生龙活虎的活动身影，校园周围绿油油的树木、花草，历历在目，尽收眼底。她的心一下平静了下来，便鼓起勇气跨进教室。在这一刹那间，同学们鼓起一阵阵的掌声欢迎她！她热泪盈眶，饱含深情地说道："谢谢同学们的帮助，我保证这是第一次，也是最后一次给我亮'黄牌'。"此时教室里又响起了经久不息的掌声。

"其实，学生给老师亮'黄牌'并不是真的赶老师下讲台！他们需要的是平等、民主、和谐的师生关系。"蔡老师如是说，这是她从教几十年体验出来的教学真谛！

（根据蔡改在全国师德经验交流会上的发言改编）

散文篇

二、学生称呼她——"马大姐"

她在 2006 年担任二年级班主任的时候，有一天上午，上课铃声快响了，有一位学生急匆匆跑来向她报告："蔡老师，骐骐与人打架后坐在男厕所门口不起来，同学们去拉他，他都不动！"

蔡老师听后，觉得这个孩子很聪明，但脾气很倔强，若不劝解他，有可能坐在那里赖过这一堂课，她急忙跑去，蹲在他的身旁。问他："你是怎么一回事，快上课了，还不进教室呀？"但这个小孩子就当没听见似的，低着脑袋，一声不吭，只是在喉咙里出着粗气，流着长鼻涕也不擦，蔡老师掏出随身带的卫生纸去给他擦鼻涕，他却把身子一扭，鼻涕沾到脸上，蔡老师忍不住，差点笑出了声音，他还鼓起眼睛狠狠地盯着她。她猜想是不是想和她交流了，便用了比较强硬的话语问他："你究竟是为啥不愿进教室去上课呀？全班都在等着你，你一直坐在这里，能解决你的问题吗？"这孩子仍然拒绝回答。她只好用手去把他拉起来，他竟然将手臂用力一拐，纹丝不动，又埋着脑袋不吭声。蔡老师一不着急，二不生气，慈祥和蔼地给他讲了许多道理，耐心地开导他。

半晌，他终于开口了，骤然站起来，鼓起眼睛，指着蔡老师："你是马大姐，马大姐。"这愣头愣脑的呼叫，让她有点儿像丈二高的和尚—摸不着头脑。她就反问一句："你为什么说我是马大姐呀？""你的形象有点像马大姐。"在她迷惑不解的时候，他又陡然冒出一句："你认了，我就进教室去！"蔡老师尽管不知马大姐是个什么样的人物，心想只要你愿进教室，不管你呼喊我是什么人都可以。"好，我认了，你相信我会把你的问题解决好！"边说边走，到办公室去拿备课本。这个孩子见蔡老师认了马大姐，又离开了他，三步并着两步跨进了教室端端正正地坐下了。

蔡老师在上课之前，先表扬了这个倔强的学生："骐骐同学相信了老师，听了老师的话。"稍停顿了一下又说，"他还有遇事冷静的优点。"骐骐听到她的这一番表扬，心里感到热呼呼的。

蔡老师向全班同学发问："马大姐是谁呀？"全班同学一片哗然，她灵机一动，又问："马大姐是好人呢还是坏人？"话音刚落，同学们一下轰动起来。

"好人，爱管闲事的好人。"

"哦，那我愿意当马大姐！"蔡改笑眯眯地回答，教室里响起了一阵阵的掌声！

当时，电视屏幕正在热播《闲人马大姐》这部电视连续剧，由于她白天忙于上课，晚间又要忙于改作业，家里还有90余岁瘫痪在床的老爸要照料，简直像猴子跳圈一样忙上忙下，哪有工夫看电视嘛！

当然，骐骐和同学间的纠纷也迎刃而解了。

吃一堑，长一智。蔡老师也觉得传播正能量的电视剧，还是应该关注一下，以避免有时在和孩子们交流过程中发生盲点，也能够和孩子们拉近距离。

"这个孩子，现已经在读大三了，有时还打电话给我问长问短的哩！"蔡老师说道。

第十三章　清乾隆进士寇赍言的母子情缘

　　寇赍言，字诲庵，渠县静边镇金星村寇家坝庭房垮人，独生子，幼年丧父，全靠母亲抚育。幼年在老屋垮寇氏书院从师寇逸山，刻苦攻读。清乾隆庚子年（1780），乡试第一，次年中进士，翰林院庶吉士，授检转河南道御史、山西监察御史。在寇家坝流传的名称叫"寇翰林"。他在外为官期间，常思念年老的母亲，由于路途遥远，难尽孝敬母亲之责，甚为遗憾。独自一人在家的母亲，更是对儿子朝思暮想。

　　寇赍言在一个月明星稀的夜晚，骑着一匹枣红色的日行千里、夜走八百的高头大马虎骤龙驰地回到家里，一进门便双膝跪在母亲跟前，泪流满面，苦苦哀求母亲原谅儿子没有时间回来看望她，更说不上孝敬了。"儿子呀！你身为皇上的官员，在为国家的事务忙上忙下，为皇上尽忠，这次回来见了面，说说话，我就心满意足了。"母亲带着慈祥的面容回答了他。"母亲，您独自一人在家，要自己把身体调养好，儿子就放心了啊！"话毕就上马，急匆匆地上路了。母亲在门前送他时，看到儿子骑马上路的身影，印到了用于洗脸的铜盆上。于是她天天都看到儿子在铜盆上的身影，天天都十分开心地过着快活的日子。不知不觉竟哈哈连天地笑起来了，殊不知这一笑，把她从梦中惊醒了。她不仅自己时常回忆这一场梦境，而且还经常向院内院外的邻居讲起这一梦境。这样一传十、十传百，便广泛地流传至今。

后来，白莲教徒在渠县境内烧杀抢掠无恶不作，他母亲随乡邻一起，到寇家坝上坝尽头石马河的石岩洞里，躲避了十天十夜，幸免于难。远在山西的寇赉言不知这一厄难的究竟，只听说母亲和乡邻都被白莲教徒烧杀了，悲痛数日而遽卒。

他一生为官清廉，家境贫寒，去世后其遗孀和子女没有生活来源，就靠他的同僚及好友捐资襄助十余年，直到他的遗孀病故、子女长大成人自谋生计。

笔者幼年就听到大人对这个故事讲了很多遍，还生怕后生记不牢，故一直传诵至今。

附录1

诗书契合　宕渠增辉

——写在"中国诗歌之乡"即将落户渠县暨《墨扬诗意渠县书法集》出版之时

李明荣

　　乙未长夏，久晴不雨，溽暑难耐。8月6日，年近八旬的渠县书家杨峰，受渠江诗社寇森林社长委派，冒着酷暑专程赴达，带着《墨扬诗意渠县书法集》书稿，嘱广体先生署名，嘱我为序。于是，我们几位书朋墨友围坐在园中园，品读着这些诗词和书作，如沐春风，如饮甘露，不觉阵阵凉意浸润心田。

　　这不是一般意义上的诗词书法集。在"中国诗歌之乡"即将落户渠县之际，由该县数十名诗词爱好者挥毫泼墨，精心创作了诗意渠县的100多首诗词（也搜集了籍外作者30多首关于抗日战争的诗词），再由杨峰先生墨扬诗意，创作书法。所以，这是集渠县之力，是众多诗词书法爱好者精心劳作的结晶，是渠县文化软实力的展示，是宣传渠县的一张文化名片。

　　此书由渠县文学艺术联合会和渠江诗社联合出版，由渠江诗社社长寇森林总揽其事，并负责编辑工作。杨峰先生不负重托，用生动的笔触写真、写隶、写行、写草，笔随诗意，多彩多姿，做到了诗书契合，令人有赏心悦目之感。

　　"中国诗歌之乡"落户渠县，是继周啸天的古诗词获鲁迅文学奖之后，渠县诗歌园地又绽放的一朵奇葩。这在学习贯彻习近平总书记在文艺工作座谈会上讲话精神的热潮中，在筑梦中华的征途上，意义非凡。

有"中国汉阙之乡"称谓的渠县，始建于秦朝，有2300多年的历史，堪称历史悠久，人杰地灵，文化底蕴十分深厚。在漫长的渠县诗歌史上，杨牧和周啸天是新诗和古诗词创作的两座丰碑，是镶嵌在宕渠诗歌史上的两颗明珠。

中国诗歌学会副会长、国家一级作家杨牧，曾任四川省作协副主席、党组副书记、《星星》诗刊主编等职，著有诗集《我是青年》《野玫瑰》《雄风》《边魂》，长篇自述传《天狼星下》，诗文总集《杨牧文集》等20余部。曾获全国首届中青年诗人优秀诗作奖、全国第二届优秀新诗（集）奖、中国电视艺术"星光奖"一等奖、"骏马奖"最佳奖等。部分作品被收入国内高校教材及高中语文读本，有的作品还被译为英、法、德、意、日、印地安、罗马尼亚等文字。

四川大学文学与新闻学院教授周啸天，现任中华诗词学会副会长、四川诗词学会副会长兼秘书长。他的主要著作有《唐绝句史》《绝句诗史》、《中国分体文学史（诗歌卷）》、《元明清名诗鉴赏》、《历代分类诗词鉴赏》（12种）、《楚汉风云录》、《雍陶诗注》、《欣托居歌诗》、《将进茶—周啸天诗词选》等。曾获张浦杯《诗刊》首届（2010年度）诗词大奖、第五届华夏诗词奖等。2014年8月，周啸天古诗词选《将进茶—周啸天诗词选》获第六届鲁迅文学奖、诗歌奖。

作为杨牧、周啸天故乡的渠县，县委和县政府在抓经济建设的同时，十分重视文化工作，多次邀请诗词名家来渠考察指导，极大地激发了全县诗歌爱好者的创作热情。新诗和古诗词作者，写身边事、身边人，有感而发，各擅其技，写来生动感人。仅2012年以来，全县就出版了诗歌、诗文集 37 部，诗意渠县的诗词达 1000 多首。时有诸如《宕渠神韵》《阆乡行》《渠江吟》《魅力宕渠》等见诸全国各级报刊。涌现了如邓建秋、龙克、郭绍歧、吴舟、杨平春、许强、贾飞、李同宗、颜伟邦、杜为、李小林、王旭章、朱景鹏、胡道级、郭清发、苗冰、彭兴国、李冰雪、李宗元、钟昌耀、鄢国灿、唐时德、肖雪莲、王小铭、罗安荣、陈科、沈世林、杜荣等一大批创作骨干，其中不少作者早已饮誉诗坛，成为省、市甚至全国的诗词名家。例如邓建秋写的五言诗《渠江双桥》："横跨东西岸，双桥共一城。往来看景阔，朝暮觉波平。路向楼边出，人于虹上行。蓉渝应未远，车马逐云程。"这是写的渠城双桥建立后的情景。作者有感而发，诗从心出，读来自然流畅，朗朗上口，虽明白如话，但意境开阔，寓意深远，不失为一首雅俗共赏的好诗。所以，真正的诗歌艺术在基层，在民间。

　　这里，该说一说渠县诗坛名宿寇森林先生了。他长我 12 岁，算是老大哥了。在 30 多年前，我当记者时到渠县采访，曾聆听过他的教诲。那时，他任渠县县委宣传部长。此后，我们时有诗书往来，电话问候，成了很好的朋友。如今，他寿望鲐背，堪称皓首穷经、功德圆满了。但他仍精神矍铄，执掌渠县诗坛，成天不遗余力，劳苦奔波。2013 年初，由他领衔，成立了渠江诗社，目前共有会员 200 多人，诗社一成立，寇森林先生就把渠县建成"中国诗歌之乡"作为奋斗目标。2014 年底，他通过考察论证，审时度势，及时提出了把渠县建成"中国诗歌之乡"的构想，并报告渠县县委，得到了县委的一致认同。渠县县委书记王善平亲自批示县委宣传部，把建立"中国诗歌之乡"活动作为全县思想政治文化工作的重点，发出正式文件，安排县委常委、宣传部长肖启文负责抓此项工作。后又写出申请，上报中国诗歌学会。今年 5 月，中国诗歌学会委派负责同志专程来渠考察，对渠县诗歌创作成就表示高度认同，还与渠县县委宣传部签署协议，决定适时授牌认可，并联合开展相关活动。渠县创建"中国诗歌之乡"的成功，寇森林先生功不可没，他深谋远虑，宝刀未老，令人钦佩，渠县人民永远铭记着他。

更值得铭记的是寇森林先生的诗歌成就。他的古诗词功底深厚，但他从不炫技弄巧。在他笔下，诗词平实可爱，用百姓语言，写出的却是流芳千古的史诗。近几年，自日本右翼势力安倍之流执政以来，蓄意掩盖日本军国主义侵华的滔天罪行，罔顾事实，违背公理，坚持参拜靖国神社，顽固地掠我钓鱼岛，搅局南海，使中国海疆不得安宁。为此，寇森林先生怒不可遏，义愤填膺。于今年三四月间，他用手中的如椽大笔，写了两首《回眸日机轰炸渠城感怀》（此诗曾在中国文联出版社出版的诗歌集《胜利之歌》发表），用日本侵略者的飞机残酷轰炸渠县的事实，有力回击了安倍之流的可耻行径。诗是这样写的：（一）"勿忘国耻羞，牢记日侵仇。炸弹凌空落，硝烟遍地稠。残肢飞树冠，鲜血淌江流。凶恶书难罄，回眸恨未休。岂畏还魂梦，顽强抗貔貅。"（二）"狂轰滥炸火频燃，警报声声震破天。鲜血浸衣连号哭，横尸遍野起狼烟。渠江儿女仇铭骨，抗战英雄箭上弦。倭寇痴心吞钓岛，神州不是旧坤乾。"看！诗中全部用的是群众语言，诸如"残肢飞树冠，鲜血淌江流。凶恶书难罄，回眸恨未休"。还有"狂轰滥炸""警报声声""鲜血浸衣""横尸遍野"等等，老百姓一看就懂。声情并茂把我们带入那不堪回首的抗战年代。那是在 1940 年至 1941 年期间，日军先后四次出动 89 架战机，投掷炸弹和燃烧弹 100 多枚，轰炸渠县城乡，其中两次轰炸渠城，尤以 1940 年 8 月 21 日的轰炸最为惨重。当时日机 36 架，窜抵渠城上空投掷炸弹、燃烧弹 40 余枚，使全城房舍财物遭毁殆尽，死伤 600 余人。此时渠城横尸遍野，血肉横飞，惨不忍睹！所以，寇森林先生写出的是史诗，记录的是日本侵略者的罪恶历史，以铁的事实把日本军国主义钉在历史的耻辱柱上。诗中还教育后辈儿孙要富国强兵，不忘国仇家恨，"岂畏还魂梦，顽强抗貔貅"。并警告安倍政权"倭寇痴心吞钓岛，神州不是旧坤乾"！

这就是诗的力量，文化的力量！

中国梦的内涵是国家富强、民族复兴、人民幸福。国家富强，既要经济富裕，也要文化发达；民族复兴，既要国运昌盛，也要文化繁荣；人民幸福，既要物质丰饶，也要精神富有。所以，文化软实力，是一个民族的精神、灵魂和血脉，须臾不可离开！渠县上下有此见识，难能可贵。

"中国诗歌之乡"落户渠县，并有诗意渠县的书法集出版，可喜可贺！无奈本人学力不逮，拙序文鄙意陋，有负重托。谨用一首村歌俚语贺之：

宕渠儿女腹笥广，盛世高歌唱大风。
激励工农千百万，筑梦中华建奇功！

2015 年 8 月 13 日于识丁堂

（作者为达州日报社原党组书记、社长、总编辑）

附录2

以不懈的奋斗踩出坚实的足迹

——中国纪实文学研究会主编

　　寇森林，男，汉族，1929 年 8 月出生，四川省渠县白兔乡寺岩村人。1948 年 6 月参加革命工作，1948 年 6 月加入中国共产党，1949 年任白兔乡党支部书记、县委地下交通员，曾任四川省渠县县委宣传部部长、副县级理论教员，现正县级离休干部。1956 年入中共中央第七中级党校理论班学习，1957 年结业。1958 年秋，考入西南政法学院政治理论专业函授，1962 年毕业。1953 年至 1955 年任渠县三汇镇副镇长、镇长。1955 年至 1977 年任中共渠县县委理论教员。1978 年至 1981 年任中共渠县县委宣传部副部长。1982 年至 1990 年任中共渠县县委宣传部部长、四川省干部函授学院渠县函授站站长。1990 年离休后任渠县老年人体育协会主席、老年大学常务副校长、老年福利

公司董事长等。系四川省群众文化学会、四川省哲学社会科学联合会、四川省作家协会、中国诗歌学会、中华诗词家联谊会、达州市诗词学会、渠县作家协会等会员。现系十佳老干部、达州市老年书画研究会顾问、中共渠县县委渠县人民政府民意顾问、渠江诗社社长、《宕渠诗丛》主编、渠县诗歌协会会长、中国诗歌学会渠县会员小组组长。

一、朝思暮想红军还

寇森林同志在军阀混战，杨森割据渠县的年代，出生于静边镇寇家坝的一个贫苦农家。出生不久，他父母就从祖父老家分离出来另立门户，住在上文昌宫的一间偏厦里。四岁时，红军入渠在此地建立了村苏维埃政权，他父亲也参加了村赤卫队。他父亲便将住房腾给村苏维埃作办公室，把家又搬回了老屋的仓房里居住。这时，打土豪分田地，开仓给贫苦农民发粮，掀起了革命高潮。他年幼不晓世事，只知天天去村苏维埃食堂要白米饭吃。红军撤离后，土豪劣绅还乡团大肆捕杀村苏维埃干部和革命群众，他父亲被迫背井离乡，东藏西躲，逃避追捕。此情此景，在他幼小的心灵上打下了深深的烙印，朝思暮想吃红军饭。随后又辗转搬家三次，于1937年落脚于白兔乡寺岩村。他六岁开始当放牛娃，九岁发蒙读书，上了三年私塾，通读了《幼学》《左传》《古文观止》，又上了三年国民小学，考上了初中，未毕业就跳班考进了高中。

二、历经艰险意志坚

寇老于1948年夏在渠县私立来仪中学（现二中）高中一期时加入中共地下组织，于农村开展革命斗争，创建了白兔、八庙两个乡党支部，任党支部书记、县委地下交通站交通员。在他的家里，迎送和掩护了地工委、县委、特支的领导同志10余人次。有的在他家住扎期间，白天装扮成农民同他父亲下地干活，晚上则送到营山县林鹫乡大水坝亲戚家就宿，早晨又去接回来，循环往复，就这样神出鬼没地指导地下革命斗争。送走时，他不管如何困难，都要咬紧牙关，为之筹措路费。同年9月，接应和掩护西南民主联军第六纵队在渠县发起的龙潭起义失利后撤退的领导成员，安全脱险。重庆内二警司令彭斌率队镇压龙潭起义后，在来仪中学戒严清剿共产党人的过程中，他临危不惧，巧妙应对，使藏在自己身边的毛泽东著作《新民主主义论》安然无恙，自身也幸免于难。

1949年罗广文兵团在渠县清剿共产党人和革命志士，岗卡林立，五户连坐，逐户清查。他又灵机应变，将《中共中央土地法大纲》、陈云写的《怎样做一个共产党员》等文件藏在床背面的墙缝里，未被敌特发现，又一次脱离险境。

1989年8月28日，他率领摄像人员参与县公安局干警队伍到锡溪乡向光村取缔非法生产烟火爆竹的行动，明知为首的廖宗坤家木楼上下堆满了爆炸物，随时都有一触即发的爆炸危险。他临危不惧，带领摄像人员逐间摄像之后，在屋檐下同干警休息片刻，又冒着火辣辣的太阳，到另一生产厂家去摄录，刚离开不到一刻钟，廖宗坤家突发爆炸，8间木楼房被炸毁。当场炸死干警和区乡干部4人，炸伤6人，他又一次脱离了险境。

尽管如此，在20世纪80年代末，泛起的否定"四项基本原则"的自由化思潮中，他还振笔写了一篇《永远跟党走》的论文。

三、坚守宣传理论梦路宽

寇老从1950年以来，由乡镇到县献身党的理论教育与宣传文化工作半个多世纪，锲而不舍，卓有建树。先后在县内、地级与邻县机关、党校、地区行政干校及乡镇宣讲哲学、政治经济学、党史、党建、毛泽东思想、马列主义基础理论、社会主义初级阶段理论一千余场，听众达六万多人次。在省、地级社科刊物上发表《试述社会主义初级阶段的历史必然性和长期性》等论述十多篇，获社科成果一等奖二篇、三等奖一篇，见解鲜明、条理清晰、深入浅出，人们敬称"寇教员"，誉及巴山渠水。1982年至1984年，蹲点基层调查，推进农村改革，总结群众创举，认真概括并大力推广"党员联系群众户"的新经验，求真务实地做活做好农村思想政治工作，一做二说三写，先后在省、地思想政治工作会议上介绍这一经验，积极影响全川，受到省、地领导的肯定和表彰。1986年至1989年间，他率领从062基地邀请来的摄像队伍踏遍渠县山山水水，行程万余里，摄制的《渠江之歌》电视专题片和采编的40余条电视新闻，先后在县、市、省和中央电视台播放，展示渠县改革开放以来的成就，激励人民群众热爱家乡、建设家乡，扩大了宣传效果。获地级优秀宣传品二、三等奖各一次，获省、地"好新闻"一、二、三等奖各一次，获达县地区"宣传工作先进个人"称号。1987年秋，渠县发生史无前例的大洪灾，他带着摄像队伍，冒雨涉水摄录灾情，又通宵乘车送去省电视台，当晚在中央和省电视台播出，省委派出常委秘书长徐仕群率领慰问团赶来渠县实地考察后，拨发了3000万元救灾资金，解决了救灾的燃眉之急，获得好评。1988年3月，新华社以"为民办实事的宣传部长"为题发出电讯，报道了他的先进事迹。

寇老在离休后，积极创办渠县老年人体育协会、老年大学、老年福利公司、老年门球协会及场馆。白手起家，自力更生，创建了老年活动馆舍400多平方米、室内门球场馆1000余平方米，被原达县地区老体协和地委老干部局的领导称之为"达县地区的奇迹"。他带领县老体协一班人，组织老年人生动活泼地开展"老有所学、老有所为、老有所乐"活动，项目多样，特色鲜明，曾获原达川县（现达州市）地区老龄工作和老年体育工作先进个人多次。1995年获"四川省老年体育先进工作者"称号，在达州地区颇具影响。

四、扬帆挺进舞吟鞭

寇森林同志酷爱诗词创作。50多年来，有600余篇诗文载诸报刊、书籍，还先后主编出版了《渠县跃进歌选》《学习雷锋事迹选编》《宗旨理想纪律教育》等多部专著。年愈老而情愈热，新世纪以来，有《沁园春·功盖世》《小平颂》《咏党》《大地回春》等380余首诗词入选《世纪诗词大典》《世界汉诗年鉴》《红旗谱》《胜利之歌》《世纪大采风获奖作品选》等30多部国家级出版的巨著。荣获第三届"环宇杯"中华旅游诗词联大赛作品金奖。2005年人民日报出版社等6家报刊杂志授予他"人文社会科学突出贡献专家"称号；世界汉诗协会授予他"世界汉诗艺术家荣誉勋章"；中华当代文学学会、天籁杯中华诗词大赛授予他"中华吟坛卓越诗词艺术家"称号；全国市县电视联播《文化时空》节目中心授予他"中华杰出英模人物"称号。2006年《沁园春·长征·抗战胜利纪念》获国际优秀作品奖、《沁园春·功盖世》获国风诗人节金奖、《"七一"颂》获第四届"中华颂"老少文学艺术大赛金奖、《迎春交响曲》获国际优秀作品奖。1999年以来，先后有新闻记者采访他的事迹撰写了《余辉耀映满天霞》《有一种花叫老来红——走近寇森林和渠县老年人体育协会》等专题报道，见诸《达州晚报》、《达州日报》、《渠县报》、重庆《老年风采》等六种报刊，其业绩已入编《世界优秀专家人才名典》（中华卷第三卷下）、《中国知名专家学者辞典》（291页）、《共和国名人大典》《盛世中华优秀专家人才名人大典》（169页）、《开国将士风云录》（第三卷，2243页）等国家级出版社出版的典籍。他撰写的"做人要像春蚕那样，不把腹中的丝吐尽不休；又像蜡烛那样，不把自己燃光不熄"等40余条人生格言，已载入中共中央《求实》杂志红旗出版社出版的《新时期中国共产党人优秀格言选集》。

在进入耄耋之年，不顾年迈体衰，仍在笔耕不辍，紧扣时代主旋律，弘扬正能量，立足渠县，眼观全球，团结组织县内外的大批诗人、诗歌创作者，源源不断地供稿，连续主编出版了《宕渠晚霞吟》——庆祝党的十八大、《宕渠华章》——庆祝建国60周年、《魅力宕渠》、《追梦者之歌》、《胜利之歌》、《磁心石》、《小康路上》等诗歌著作。2013年，由他倡导创办了渠江诗社和《宕渠诗丛》（季刊），填补了渠县有史以来没有诗歌专业组织和诗歌专刊的空白。2015年，首倡建立"渠县·中国诗歌之乡"暨设立全国性的"杨牧诗歌奖"，得到了中国诗歌学会、中共渠县县委的一致肯定和实施。2016年又倡导了在渠县设立"新苗杯"校园诗歌大赛，已举办两届，大力推动了诗歌进校园、进万家的活动。

他的诗作和主编的诗歌专集，有一个突出的特点，是热情洋溢地吟诵渠县在经济社会发展过程中的好人、好事。2017年3月，看到《人民日报》《光明日报》分别报道渠县2016年有10个贫困村如期摘帽，2.088万人顺利减贫，彻夜不眠，以《喜脱贫》为题，写了这样的诗句：

绚丽朝阳施德政，人攀丹壁觅甘泉。

架桥铺路金光闪，科技生根缀锦妍。

截断穷源除弊事，桃红柳绿满山川。

康庄美景惊寰宇，追梦风光映碧天。

这年8月，在听了县委书记苟小莉在全省脱贫攻坚经验交流会上的发言后，又以《宕渠脱贫攻坚写照》为题，赋诗颂之：

经天纬地大诗篇，气贯长虹北斗边。

九鼎诺言谋福祉，百年梦想届期圆。

攻坚何惧荆榛阻，济困甘将义胆捐。

264

时代新潮掀巨浪，风高帆顺可回天。

在 2017 年 10 月 18 日至 24 日，中国共产党第十九次全国代表大会胜利召开之际，他激动万分，心花怒放，热血沸腾。在收看开幕式现场电视播放，记者采访他时，他脱口而出，吟诗一首：

凤鸟翱翔迎盛会，神龙慧眼耀天涯。
匠心独具宏图展，笑看神州锦上花。

在收看十九大闭幕式后，又赋诗一首：

秋高气爽喜盈门，特色旗飘国势尊。
时代新篇昭日月，春雷激荡正乾坤。
千军万马登危壁，四面八方助困村。
决胜小康豪气壮，天涯海角动吟魂。

他在认认真真读了习近平总书记在十九大会上的报告后，把自己的体会，以《十九大，高照灯》为题，写成了一篇三字经，凡逢他参加的会议，都作了朗朗上口的吟唱，获得听众好评。这篇三字经是这样写的：

十八大，丰碑成；十九大，高举灯。
党中央，核心彰；习近平，献丹心。
新思想，强自信；新理念，纵豪情。
新战略，催奋进；新目标，起航程。
继马列，中国化；新时代，贯古今。

附录

265

强国梦，航向正；谋国是，重民生。

固疆土，防敌侵；高精尖，壮军魂。

奔小康，攻脱贫；求精准，夺全胜。

依法治，讲公正；共和谐，倡文明。

反腐败，重廉政；严治党，更强劲。

纠四风，保根本；砥中流，力万钧。

江山美，日月明；让清气，满乾坤。

认真学，领精神；撸袖干，百业兴。

举红旗，塑灵魂；千秋业，天地春。

五、扶贫济困行善举

乐善好施，扶贫济困，是中华民族的传统美德。寇老不仅是这样说的，而且还是这样做的。2008年汶川地震后，他不顾家中有正在治疗的重危病人，还挤出1900元捐助救灾和交特殊党费。2014年4月的一天，在青春印务店听说渠江镇一小蒲芯仪老师不足两岁的女儿，胸腔内长了畸瘤，在重庆儿童医院做了三次开腔切除手术，仍不断根，医生建议送北京儿童医院治疗，但她已用光了家中积蓄，正在四面求助。他立即将身带的400元投入了救助账户，然后又帮她起草了求助书，去县民政局、县政府往返三趟，经县长苟小莉批准给她拨了3万元救济款。接着又到学校、到妇联等单位求助，使她所在的渠江一小校长唐松华，闻讯发动学校师生捐助了10万余元，将这一幼儿送到北京儿童医院做了根治手术，获得了新生。他从2014年以来，还组织和带领社会爱心志愿者，先后到五个乡镇敬老院和县孤儿院、荣军疗养院等处去送钱送物送文艺演出，进行慰问活动。2016年春，他所在的离休干部自学小组，为鹤林乡贫困村安全村捐助了扶贫款2000元，并发动全组捐助了3万余元交给了该村党支部。

他的以上这些善举，深得社会好评。

谈到这时，笔者问寇老，您为何如此高龄还在孜孜不倦地奔忙？他脱口而出，朗诵他的诗《"七一"光辉》作了爽快的回答：

党领航程越激流，追星赶月驾飞舟。
许身报国青春献，致富离贫壮志酬。
喜看山河百族舞，欣闻老少大风讴。
千帆竞发迎彤日，未尽余辉岂可休。

韶光易逝，岁月无情。寇老在70多年的革命生涯中，以他不懈的奋斗，踩出了坚实的足迹，正如他自己写的《七旬初度自诩》一首诗描述的那样：

七十年华去似烟，甘心静坐理论篇。
乱离不失平生志，回首方知尘世牵。
若问行程留底事，何妨探悉活神仙。
韶光已逝今安在？满目青山咏笔笺。

这正是：

寇老一生鸿志在，森荣浩气贯坤乾。
林塘锦柏青云聚，好望渠江启远航。

（原载《中国离退干部风采》，中国科学文化出版社2016年版；《光辉岁月》，中国文献出版社2001年版）

附录3

寇森林简历

姓名	笔名	性别
寇森林	金石	男
出生日期	**政治面貌**	**文化**
1929 年 8 月	中国共产党党员	大学毕业
工作经历	1948 年 6 月加入中共地下党，创建白兔、八庙两个乡党支部，任支部书记和县委交通站交通员、游击队宣传组长。1950—1978 年，历任区委组宣干事、三汇镇镇长、县委理论教员。1978—1990 年，历任县委宣传部副部长、部长，副县级理论教员、四川省干部函授学院渠县函授站站长。1990 年离休，现系正县级离休干部	
文艺创作经历	1952 年 5 月，在川东区党委机关报《川东报》头版发表第一首诗歌《农民喜爱〈川东报〉》。 1958 年编辑出版的《渠县跃进歌选》在 1966 年 6 月被定为"毒草"，本人被定为"反党反社会主义反毛泽东思想"的"三反分子"，此作品遭毁。党的十一届三中全会后，先后编撰《雷锋事迹选编》《宗旨理想纪律教育》等专著。 1987 年编辑制作的电视专题片《渠江之歌》，1987 年秋在四川及市、县电视台播出。1988 年 1 月 2 日午间，在中央电视台播出。在 1986 年至 1990 年编辑录制的其他电视专题片（附表）。 2008 年由中国文化出版社出版发行了《宕渠行吟》专著	

| 文艺创作经历 | 2009—2017 年主编由四川大众文艺出版社、中国文联出版社先后分别出版发行的《宕渠晚霞吟》《宕渠华章·诗文集》《追梦者之歌》《胜利之歌》《磁心石》等诗歌专集，其中收录了本人在

2009 年以来的诗歌作品 159 首（附表和诗集）。

2013 年首倡创立"渠江诗社"、创办《宕渠诗丛》季刊。

2015 年首倡创建"渠县·中国诗歌之乡"暨设立"杨牧诗歌奖"已经与中国诗歌学会、中共渠县县委、县政府商定，合作实施。

2016 年 2 月，中国艺魂杂志社出版本人诗词专刊 5000 册，全球发行，载诗词作品 78 首（阕）。

2016 年 4 月创设渠县"新苗杯"诗歌奖，已举办两届，有 1600 名青少年学生参评。

其作品在国家图书馆收藏、陈列后，已有 40 余种诗歌书典转录、转载（附表）。

现系中国诗词家联谊会、中国诗歌学会、四川作家协会、秦巴文化研究会、吟诵学会、群众文化学会、达州市作家协会、诗词协会、戛云诗社等会员。现任中国诗书画院名誉院长、新华网艺术委员会常务副主席、渠县作家协会顾问、渠县渠江诗社社长、渠县诗歌协会会长、《宕渠诗丛》主编、渠县"新苗杯"诗歌奖组委会副主任 |

附录4

寇森林主编和发表作品的书刊一览表

一、主编出版发行的诗歌集

截至 2017 年 11 月

书名	出版社	时间	发行量（册）	其中本人作品（首）
《宕渠华章诗文集》	大众文艺出版社	2009.7	1000	34
《宕渠晚霞吟》	内刊	2012.12	1000	41
《魅力宕渠》	现代出版社	2013.12	4000	34
《追梦者之歌》	中国文联出版社	2014.7	3000	23
《胜利之歌》	中国文联出版社	2015.8	2000	21
《磁心石》	中国文联出版社	2016	2000	17
《小康路上》	中国文联出版社	2017.11	1000	8
《宕渠诗丛》（季刊）	内刊	2014.11—2016.9	3000 16 期	156

　　以上作品发行至北京、上海、天津、重庆、吉林、江苏、新疆、山东、河北、陕西、湖南、四川（达州、泸州、成都、广安、南充、绵阳、攀枝花）等省市及台湾地区。其作者除县内的百余名外，还遍及上述地区。2014 年主编的《胜利之歌》及 2017 年主编的《小康路上》，还被中共渠县县委批准发给党代会、人代会、政协全委会与会代表。

二、入选和转载寇森林诗词作品的部分书刊

截至 2016 年 7 月

图书名称	诗词首	页码	出版社	奖项	时间
世纪诗词大典（6）	5	527—528	中国文史出版社		2005.1
世纪诗词大典（7）	8	525—526	中国文史出版社		2005.12
世纪诗词大典8	8	328—329	中国文史出版社		2006.12
世纪诗词大典9	10	377—378	中国文史出版社		2008.1
世界汉诗年鉴	12	522—525	世界汉诗杂志社	获世界汉诗艺术家荣誉勋章	2005.1
中华旅游诗词联精选（第三卷）	10	801—802	中国旅游出版社		2005.12
胜利之歌（上卷）	3	180—181	中国文史出版社		2005.8
红旗谱	3	894	红旗出版社		2005.8
爱我中华优秀作品选	2	785	人民日报出版社		2006.11
中国当代诗人词家代表作大观①	13	875—876	中国文联出版社		2006.1
天籁之音（III）	11	569—570	中国文联出版社		2006.12
新时期中国共产党优秀格言选集	5	49、207、328、721	红旗出版社		2006.6

图书名称	诗词首	页码	出版社	奖项	时间
金鹰之歌	10	388—390	中国文史出版社	获中华当代卓越诗词艺术家荣誉称号	2007.12
全国优秀诗词集	6	646	中国文史出版社		2007.5
中华名人格言	4	43、178	中国文史出版社		2008.1
中华当代美德箴言选	4		红旗出版社		2007.9
诗文渠县	1	34	四川人民出版社		2006.11
诗文渠县（续）	1	41	四川人民出版社		2007.10
盛世华章——中国世纪大采风获奖作品选	4	684—685	大众文艺出版社		2008.5
世界汉诗年鉴	21	522—524	世界汉诗杂志社		2006.1
世纪诗词大辞典（6—9卷）	23		中国文史出版社		2008—2012
建国颂典	16	565—566	中央文艺出版社		2014.9
盛世华章	5	684	大众文艺出版社		2008.5
祖国颂	7	384	中国文化出版社		2012.11
中国当代旅游诗词精选	10	801	中国旅游出版社		2005.4

图书名称	诗词首	页码	出版社	奖项	时间
新中国红色诗词鉴赏	6	388	中国文史出版社		2012.12
中国共产党之歌	7	719	中国文史出版社		2011.6
新中国诗人大辞典	17	460	中国文艺出版社		2013.5
新中国诗人大辞典（第二卷）	16	763	中国作家出版社		2008.4
中国作家论坛	14	534	中国作家出版社		2014.11
胜利之歌	15	180	中国文学出版社		2008.8
全国优秀诗词集	6	646	中国文史出版社		2007.5
新时期中国共产党人优秀格言选集	4	49、207、328、781	红旗杂志出版社		2006.6
共和国诗典	19	820	作家出版社		2014.9
新中国诗词三百家	13	269	中国文艺出版社		2015.5
开国大典	20	691	中央文献出版社		2015.6
当代国学百杰佳作选	22	177	中央文艺出版社		2014.1

附录5

主编和撰稿的电视专题片目录

截至 2016 年 7 月

片名	撰稿	制片单位	出品时间	说明
渠江之歌	寇森林等	中共渠县县委、渠县人民政府	1986.6	1987 年元月 2 日央视播放，同年 9 月省电视台播放
芬芳飘千古今朝谱新篇——记四川渠县酒厂见闻	寇森林等	中共渠县县委、渠县人民政府	1988.2.6	央视·
三汇麻纺厂记实	寇森林等	中共渠县县委、渠县人民政府	1988.4.6	央视
渠县柑橘谱新篇	寇森林	中共渠县县委宣传部	1987.9	省视
宕渠先锋	寇森林	中共渠县县委宣传部	1989.6	省视
宕渠星光	寇森林	中共渠县县委宣传部	1989.6	原达县地区电视台
渠县农民教师陈永互为农民教育勤奋工作二十五年	寇森林	中共渠县县委宣传部	1988.10.3	省视
《渠县中学邓秀虎再创微书之最》微楷扇 271888 字	寇森林	渠县电教馆	1990.2.9 1990.2.10	央视 省视
白鹭在渠县李馥尖岭栖息 320 年	寇森林	渠县电教馆	1990.3.31 1990.4.7	省市新闻二等奖、一等奖

附录6

寇森林的经历入编和转载的部分图书目录

截至 2008 年 4 月

典籍名称及页码	编辑、出版单位	奖项	时间
世界专家人才名典 （中华卷第三卷下）	中国国际交流 出版社		2004.12
中华颂歌·盛世中华优秀 专家名人大典，169 页	人民日报出版社	获"人文社会科学 突出贡献专家"荣 誉称号	2005.12
开国将士风云录（三卷）， 2243 页	《中共党史人物》 编委会		2007
共和国名人大典	文化部艺术研究 中心		
东方之子人物集	《东方之子》 编辑部		
人类主流人物辞库	国际传媒人物传记 中心		
中国知名专家学者辞典 （第二卷），291 页	中国百科文库 出版社		
中华名人铭鉴	中华名人系列丛书 编辑部		
世界人物辞海	世界人物出版社		
中国专家名人辞典当代 卷，334 页	中国国际专家学者 联谊会		
共和国功勋人物志	共和国功勋人物志 编辑部		

典籍名称及页码	编辑、出版单位	奖项	时间
中国世界大采风获奖作品选，584—685 页	大众文艺出版社	铜奖	2008.5
中国诗人大词典第二卷，763—764 页	作家出版社	获"中华诗圣"荣誉称号	2008.4
当代中国英模人物大典，269—270 页	全国市县电视联播《文化时空》节目中心等	获"中华杰出英模人物"荣誉称号	2007.5
中华英模创新人才榜	《红旗颂·红色人物图文经典》人物集		
中华百家姓氏通鉴	《中华姓氏文化名人博览》中国新闻出版社		

附录 7

获奖表彰一览

离休前，获原达县地区宣传工作先进个人。

离休后，获四川省老年体育先进工作者称号，达州市老龄工作、老年体育工作先进个人，离休干部先进个人，渠县优秀共产党人、十佳老干部。

在诗词诗歌创作方面，曾获全国各类赛事的特等奖 1 次、金奖 8 次、银奖 3 次、铜奖 1 次、优秀 3 次等 20 余项奖项。

2007 年国际中华诗词总会、北京万代文化传媒等单位授予"中国当代卓越诗词艺术家"奖牌。

2014 年第六届华鼎奖全国诗词大赛授予"最美中华诗词家"奖牌。

2015 年人民日报社、中国新闻出版社等 6 家报刊杂志社授予"人文社会科学突出贡献专家"称号。

由于篇幅有限，未能全列。其诗词还散见于《星星》诗刊、《老年风采》、《大巴山诗刊》、《戛云亭诗词》、《达州晚报》、《达州文艺报》、《达州老年书画报》、《渠县报》、《宕渠诗丛》等报刊杂志。

后 记

　　我只是一位诗歌爱好者，在幼年读书的启蒙时期，我那八十高龄的曾祖父寇成模老人，不仅一字一句地教我熟读"天子重英豪，文章教尔曹。万般皆下品，唯有读书高""吃得苦中苦，方为人上人"等诗句谚语，而且还手把手地教我用毛笔写了一遍又一遍。这些诗句谚语不仅给了我"求学""吃苦"的精神动力，而且启发了我热爱诗词的兴趣。但从那时起，从学校到走入社会，由于客观条件和环境的影响，从未对诗词进行过研读。1952年5月，逢《川东农民报》创刊一周年，我写了一首《赞〈川东农民报〉》的新体诗，被该报刊用了。中共渠县县委宣传部在1958年的"大跃进"中，全县掀起的"诗歌海洋"写作热潮里，收到两箩筐诗歌稿。经过筛选，我奉命编辑了一部《渠县跃进歌选》，铅印成册，在全县发行。尔后，在工作之余也写一点诗歌作品。1960年写了一首歌词《清清水、弯弯河》，由县文化馆谱曲传唱。1979年秋，在出差的汽车上，摇摇晃晃地哼了一首《劲草》小诗。

　　韶光易逝，岁月难留。几十年一晃而过，直到2003年辞去县老年人体育协会主席职务之后，才师从雍国泰、颜伟邦等老师学写格律诗词。10余年来，把我所见、所闻、所思、所为的事物，写了几百首言浅情深的诗词。

收录在本诗文集里的作品，一是在全国各地40余种报刊和书籍上发表的，有在2016年《中国艺魂》专刊上发表的70余首；二是2008年出版发行的《宕渠行吟》专著上刊载的200余首，经过修改订正的作品；三是近年的新创作品；四是20世纪80年代由我主编、在中央和四川电视台播放的、属我县史无前例的《渠江之歌》专题片中的歌词及解说词；五是人文社科方面的论文、纪实文学、部分回忆录等作品。

老实说，这部集子里的作品，说不上高超的艺术品，只能算是我从1933—2018年，亲身经历的一些重要事物的记录，用喜闻乐见通俗易懂的诗词、诗歌和文段，表达了我对党、对祖国、对人民、对秀丽山川、对家乡—宕渠这一片热土的寸草之心和感恩之情。我觉得这就是我一生中，在精神上所获得的最大幸福！

《追梦之路》的成功付梓，首先得益于中共渠县县委、渠县人民政府及县委宣传部、县委老干部局、县财政局的领导的高度关怀；其次得益于雍朝勉、邓建秋、周啸天、龙克、曾凡峻、朱景鹏、罗安荣、高天赐、唐时德、杜荣、陈科、刘兴全、钟荣、李小林、万绍荣等众多老师、诗友的帮助和支持，特别是承蒙杨牧先生赐予了《写在〈追梦之路〉的前面》，李学明先生赐予了书名墨宝，程步涛先生赐予了《情怀是文学创作的根本——兼评诗集〈追梦之路〉》，孙和平先生赐予了《我读寇森林诗词——〈追梦之路〉代序》，钟昌耀先生赐予了《诗明渠水热情结晚霞红——读〈中国艺魂〉寇森林专刊》，李同宗先生赐予了《〈追梦之路〉序》，为本书增了色、添了彩。这是非常难能可贵的赏析，在此一并致以诚挚的谢意！

人贵有自知之明。从党的十八大以来，在习近平总书记文艺思想

后记

279

追梦之路

的指引下，在我县经济社会突飞猛进发展的热潮中，诗歌文化的繁荣发展有长足的进步，这主要是得力于宕渠诗群团结拼搏的结果，我只起了一点铺路搭桥的作用。但在本书内页中，有些字里行间，对我褒扬有加，这是在鞭策激励我继续前进。实际上，在我的工作中还有许多不能令人满意之处，我深感歉然，万望包容和谅解。

由于作者水平有限，加之时间仓促，遗漏疏失之处，在所难免，敬请文朋好友赐教！

寇森林

2018 年孟夏